日本偉大文豪的不偉大？故事集

偉大なる日本文豪の残念なエピソード集

戸田一康 著

前言

Ⅰ. 他們的修養及道德觀念不見得很好。例如——

① 他喜歡喝酒，但沒有錢買酒，因此做了很離譜的惡作劇，陷害別人。

② 他因爲自尊心太高，導致日俄戰爭時的腳氣病患者居然高達 25 萬人以上，因腳氣病死亡人數超過 2 萬 8000 人以上。

③ 他不小心情緒失控後，擔心自己的形象受損，把責任推到別人身上說：「因爲對方實在太過離譜，才逼得我一時情緒失控」。

Ⅱ. 他們的感情生活十分複雜又紊亂。例如——

④ 他生涯中結過三次婚，再加上跟藝妓交往、養小三。還讓自己的孩子因爲營養狀態不佳導致死亡或生病住院。

⑤ 他因爲把玩妓女的經驗十分詳細地記錄在日記上，深怕被妻子偷看，所以才用羅馬字寫日記。

⑥ 他同時跟複數的女生談「多角戀愛」，宛如立志要建立後宮。

⑦ 他居然把女生當作結束生命的跳板。

Ⅲ. 他們的黑歷史眞的滿黑。例如——

⑧ 他曾經四肢伸開躺在道路上，大喊：「讓我拋棄童貞！」

⑨ 他對自己的東北腔感到羞恥，揮金如土，拚了命學東京腔。結果，輕易地被酒吧女公關看穿。

⑩ 他主演的電影；他的超棒讀台詞及如同機器人般的生硬動作非常顯眼，而且他還像念經一般地唱了一首主題歌。

Ⅳ. 他們的行動出乎別人所料或意圖十分不明。

⑪ 他只吃妻子煮的菜，也絕對不吃生食。有非不得已的理由必須入住旅館時，會先把旅館提供的菜拿回自己的房間，重新再煮一次才敢下嚥。

⑫ 他下電車後，先躲在月台的廁所裡。然後等到全部的乘客從月台上走出去，趁剪票員離開位子上，從廁所裡衝出去，宛如一陣風般通過剪票口。

⑬ 他房間裡居然鋪滿了大約 15 公分高的舊報紙，而且散發出異樣的味道。

⑭ 他大學被退學，但不知為何畢業照裡有他。

⑮ 他命令妻子叫一百人份的咖哩飯外送。

⑯ 他宣布從日本獨立，將親自寫的獨立宣言，寄給各國元首。

V．還有其他不知道怎麼分類才對的怪。例如——

⑰ 他的吃相相當難看，以猛咬代替咀嚼。跟別人吃火鍋時，都不在乎是否已經煮熟，大口大口地吃掉。最後，人家忍不住在鍋裡劃界線，喊道：「這邊是我的肉！」。

⑱ 他應該是「去工作就輸了」的現代宅男或尼特族的元祖般的人。

⑲ 報紙社的人很禮貌地打了好幾通電話，再三確認了日期及時間後去他的家，他居然對他們說：「今天你們找我有什麼事？」

⑳ 他說：「我的家有 6000 坪」，但實際上最多約 600 坪左右。他說：「我的兒子，每天把金幣弄得嘩啷嘩啷地玩喔！」，其實兒子玩的是金幣形狀的巧克力。

他們是誰？

他們是活躍於明治時代至昭和時代的 20 位日本作家。

而且都是名聲赫赫的文豪們。

看完這本書，可能您對於日本文豪的形象會大大改觀。

希望他們的幽魂不會來找我算帳。

戶田一康

目次

PART 1 明治篇

原來這個時期的文豪都是行動派！

PART 3 昭和篇

原來這個時期的文豪都是媒體寵兒！

戶田一康暖心朗讀

PART 1

明治篇

原來這個時期的文豪都是行動派！

手塚治虫の先祖にいたずら？意外にお茶目な啓蒙家！！

福沢諭吉

對手塚治虫的祖先惡作劇？
出乎意料頑皮淘氣的啓蒙大師！！——福澤諭吉

怪人類型：【頑皮淘氣】★★★★　【愛惡作劇】★★★★★

福澤諭吉：（1835 年～ 1901 年）豐前國（現在的大分縣）中津藩的下級武士階層出身。明治初期最偉大的教育家、啓蒙大師。「慶應義塾」（慶應義塾大學的前身）創辦者。其著作《勸學（学問のすすめ）》是歷史意義重大的啓蒙書，也是明治時期的大暢銷書。其他代表作有《福澤諭吉自傳（福翁自伝）》、《西洋事情》等。

01

周知のように、一万円札の肖像は長い間、福沢諭吉だった[1]。

肖像の諭吉は、なかなか**厳しい**[1]顔に描かれている。しかも、代表作は『学問のすすめ』——典型的な、面白くない「偉人」。それが一般的な諭吉のイメージなのかもしれない。

ところが、実は諭吉は、非常に**いたずら**[2]好きで**お茶目**[3]な人だったのである。

諭吉が書いた《福翁自伝》は、近代以来、日本人が書いた自伝の中で、おそらく最も面白い本の一つだ。

その中に、こんな**エピソード**[4]がある。

諭吉が大阪の「適塾」[2]で塾長をしていた時、江戸から手塚という若者がやって来て、入塾した。手塚は常陸国府中藩の藩医[3]の子で、**身なり**[5]もいいし、なかなかの**男前**[6]だった。だが、欠点は**遊女遊び**[7]が好きで、真面目に勉強しないところだった。諭吉は塾長として、手塚に注意した。

「君がこれから真面目に勉強するなら、私が毎日個人授業をしてやる。でも、二度と遊女遊びはしないと誓わなければいけない。どうだ？」

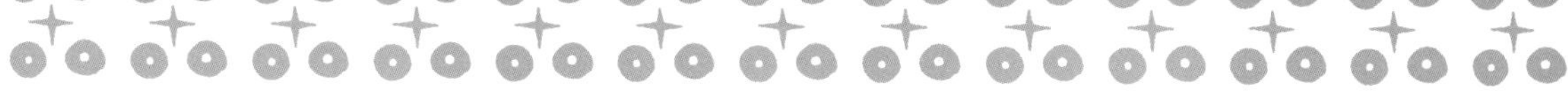

眾所周知，長期以來一萬圓日幣上的肖像一直都是福澤諭吉。

肖像上諭吉的畫像感覺蠻嚴肅的。而且其代表作是《勸學》——典型的無趣「偉人」。這或許是諭吉普遍給人的印象。

但事實上，諭吉是非常愛惡作劇、有著玩皮淘氣個性的人物。

近代以來，在日本人寫的自傳中，諭吉寫的《福澤諭吉自傳》，應該是最好看的一本。

書中有一個軼聞趣事如下。

諭吉在大阪的「適塾」當塾長的時候，從江戶來了一位姓手塚的年輕人，進入了適塾。手塚是常陸國府中藩的藩醫之子，衣著有品味，而且長得也挺帥氣。但缺點是他喜歡玩妓女，並沒有認真學習。諭吉身爲塾長，叮嚀了手塚。

「如果你以後認眞學習，我就每天爲你個別授課。但你要發誓，不再玩妓女。如何？」

【生詞】

1. **厳めしい**（いか）　嚴謹。　2. **いたずら**　惡作劇。

3. **お茶目**（ちゃめ）　愛惡作劇、玩皮淘氣的個性。

4. **エピソード**　英文的「episode」。軼聞趣事。　5. **身なり**（み）　衣著打扮。

6. **男前**（おとこまえ）　美男子。　7. **遊女**（ゆうじょ）　妓女。

1 自 1984 年以來至今，福澤諭吉是一萬圓紙幣上的肖像人物。但日本政府已經宣布預定於 2024 年，將新發行的一萬圓紙幣上的肖像改爲渋澤榮一。

2 緒方洪庵創辦的蘭學私塾。蘭學是指荷蘭文及透過荷蘭文吸收之西洋知識、技術等學問。

3 現今茨城縣府中地區的「藩」。「藩」是「大名（類似古代中國的諸侯）」的領土。藩医指藩主（大名）及其家族的主治醫生。

手塚も反省したらしく、「誓う。もう決して遊女遊びはしない」と答え、諭吉の言う**通り**[8]、「もし誓いを破ったら、**坊主**[9]になる」という内容の**証文**[10]を書いた。

それ以来、手塚は**心を入れ替え**[11]て、真面目に勉強するようになった。ところが——

> その後手塚が真実勉強するから面白くない。

えっ⁉自分で注意したのに、相手が**おとなしく**[12]**従っ**[13]たら、「面白くない」ってどういう意味？**論理的**[14]におかしいぞ、諭吉。

とにかく、いたずら**の虫**[15]が動き出してしまった諭吉は、先ず手塚の**馴染**[16]の遊女の名前を調べ、彼女**の名を騙っ**[17]て、**恋しい思い**[18]を伝える偽手紙を書いた。しかし、内容はできた**ものの**、筆跡が遊女らしくない。そこで、字のうまい塾生を探し出して、女性の筆跡に似せて**清書**[19]させた。更に**玄関番**[20]の書生を買収し、女からの手紙を預かったようにして、手塚に渡させる。

手塚也好似反省，說：「我發誓。從此以後，我絕對不玩妓女」，按照諭吉說的內容，寫了「若違反誓約，我會剃光頭」的誓約文。

從此以後，手塚洗心革面，開始認眞學習。但——

爾後手塚真的認真學習，我倒覺得無趣。

咦？？自己叮嚀別人，對方乖乖地聽從，反而覺得「無趣」，這到底是什麼意思？諭吉，你的邏輯很怪哦！

不管怎麼樣，身體裡的惡作劇虫開始蠕動，諭吉首先調查手塚做爲常客的妓女名字，並假冒她寫了一封表達思念之情的信。雖然內容已經寫好，但筆跡卻不像妓女，於是再找一個很會書寫的塾生，讓他模仿女生筆跡謄寫。然後收買看門的書生，讓他裝出代收女生寄來的信的模樣後，轉交給手塚。

【生詞】

8. **～通り**（とお）　按照～、跟～一樣。
9. **坊主**（ぼうず）　一般而言，「坊主」是指和尚。但這裡的意思是「剃光頭」。
10. **証文**（しょうもん）　誓約文。　11. **心を入れ替える**（こころ・い・か）　洗心革面。
12. **おとなしい**　乖乖、聽話。　13. **従う**（したが）　聽從、遵從。　14. **論理**（ろんり）　邏輯。
15. **～の虫**（むし）　這個「虫」是指存在於人體內，可以左右那個人的意識或想法的東西（古代日本人的想法）。例如「浮気の虫（うわき・むし）（搞外遇之蟲）」。
16. **馴染**（なじみ）　常客。以前在日本的花街柳巷，第一次來的客人叫「一見（いちげん）」，第二次見同一個妓女則叫「裏を返す（うら・かえ）」。第三次以後才說「馴染」。
17. **～の名を騙る**（な・かた）　假冒～。　18. **恋しい思い**（こい・おも）　思念之情。　19. **清書**（せいしょ）　謄寫。
20. **玄関番**（げんかんばん）　看門的。

諭吉に監視されていることを知らない手塚は、手紙を読んでがまんできなくなり、**こっそり**[21]遊女に会いに行った。翌朝、手塚が**何食わぬ**[22]様子で帰ってきたところに、諭吉が鋏を持って現れ、手塚を押さえつける。

「な、何をする？」びっくりする手塚。

「お前が昨晩どこに泊まったか、既に調べはついている。だから、坊主にするのだ。元の男前に戻るには、二年くらいかかるだろうな。ふふふ」冷たく笑う諭吉。

「待ってくれ！許してくれ！」手塚は手を合わせて詫びるが、諭吉は許さない。「これは男同士の約束だ。**往生しろ**[23]」

一方の手で手塚の髪を掴み、もう一方の手で鋏をガチャガチャ鳴らす。手塚は何も言い返せず、蒼くなって震えている。すると、

「福沢、**そのぐらいにして**[24]おけ」他の塾生たちが入ってくる。そして、**仲裁する**[25]ふりをして、「手塚、皆に酒をおごれ。それで**水に流そ**[26]うじゃないか」と勧めた。

手塚は喜び、急いで酒や鶏などを買って、皆に**ふるまっ**[27]た。

手塚不曉得被諭吉監視，看完信後無法忍受，偷偷地去見妓女。隔天早上，手塚若無其事的回來，此時諭吉拿著剪刀出現，當場抓住手塚。

「你、你要做什麼？」手塚嚇一跳地說。

「我已經查明你昨晚住哪裡，所以要將你的剃成光頭。要想恢復原來美男子的模樣，差不多需要兩年之久吧！呵呵呵」諭吉冷笑著。

「且慢！請原諒我！」手塚合十道歉，但諭吉仍不原諒。

「這是男人跟男人之間的諾言。認命吧！」

一手抓住手塚的頭髮，另一手的剪刀喀嚓作響。手塚無法反駁，臉色蒼白地發抖。

就在此時，「福澤，適可而止吧！」其他塾生走了進來。他們假裝調停，勸手塚說：「手塚，你請大家喝酒。就讓它過去吧！」

手塚聽了很高興，趕快掏腰包買酒、雞等來款待大家。

【生詞】

21. **こっそり**　偷偷。　22. **何食わぬ**（なにくわぬ）　若無其事。　23. **往生する**（おうじょうする）　認命、屈服。
24. **仲裁する**（ちゅうさいする）　調停。　25. **そのぐらいで止める**（や）　適可而止。
26. **水に流す**（みずにながす）　讓它過去、既往不咎。　27. **ふるまう**　款待。

実は、諭吉は大の酒好きなのだが、下級武士出身の諭吉には、酒を買うような余分な金がない。そこで、最初から手塚に酒をおごらせるために、こんないたずらをしたのだ。

この手塚は、名を良庵と言って、マンガ家手塚治虫[4]の曽祖父である。手塚治虫も、良庵を主人公にした『陽だまりの樹』という作品の中でこのエピソードを描いている。だが、さすがマンガの神！治虫は曽祖父の**仇を討つ**[28]ように、全く印象の異なる物語に作り変えている。興味のある人は『陽だまりの樹』と読み比べてほしい。

こういうのは全く此方が悪い。

と諭吉も反省しているが、確かにひどいいたずらだ。だが、一方で、よくこんな**手の込んだ**[29]いたずらを考えたものだと感心してしまう。当時の社会では、性別、身分等が異なれば、使われる文体も大きく異なる。しかも、男女の情愛は複雑微妙なものなのに、当の手塚にも偽手紙と見破れない内容だったのだからすごい！諭吉は決して、本の知識しか持っていないような、つまらない教育家ではなかったのである。

事實上，諭吉非常喜歡喝酒。但下級武士階層出生的他，沒有多餘的錢可以喝酒。於是諭吉從一開始就吃定了手塚，就是想讓他請客，才做這樣的惡作劇。

這位手塚，名叫良庵，是漫畫家手塚治虫的曾祖父。手塚治虫也畫過以良庵為主角的作品《向陽之樹》，並描繪出此軼事。但眞不愧是漫畫之神！治虫好像要替曾祖父報仇般，將它改成印象完全不同的故事。有興趣的人，請跟《向陽之樹》比較看看。

這件事，完完全全是我的錯。

諭吉也有反省。這的確是很過份的惡作劇。但另一方面， 不得不佩服怎麼會想到這麼精心策劃的惡作劇！。在當時的社會，若其性別、身分等不同，使用的文體就大不同。再加上，男女之情微妙複雜，連當事人手塚都無法看穿是假信，這點眞了不起！諭吉絕對不是只有書上知識的無聊教育家。

【生詞】

28. 仇（あだ）を討（う）つ　報仇。
29. 手（て）の込（こ）む　精心策劃。

4 手塚治虫：（1928 年 ~1989 年）確立日本長篇漫畫的漫畫大師。因其影響力極大，被冠以「漫畫之神」的美名。代表作有：《原子小金剛（鉄腕アトム）》、《火鳥（火の鳥）》等。

『福翁自伝』の末尾近くに、こんな名言がある。

私は自身の既往を顧みれば遺憾なき[30]のみか愉快なことばかりである。

この言葉の中に、一万円札の肖像には描かれていない、諭吉のお茶目な笑顔が見えるようではないか。

《福澤諭吉自傳》的結局附近有一句名言如下。

顧往事，不但沒有遺憾，還充滿了幸福快樂的回憶。

在這句話裡，我們彷彿看見一萬圓鈔票上並不存在、諭吉玩皮淘氣的笑容。

【生詞】

30. **なし**　「ない」的文言文說法。「なき」是「連体形(れんたいけい)」。

【句型練習】

～ものの　　雖然～但是

①車(くるま)の免許(めんきょ)は取(と)ったものの、長距離(ちょうきょり)の運転(うんてん)は自信(じしん)がない。

（雖然已經拿到駕照，但我對長距離的開車沒有信心。）

②新(あたら)しい靴(くつ)を買(か)ったものの、毎日天気(まいにちてんき)が悪(わる)いので、汚(よご)れるのが嫌(いや)でまだはいていない。

（雖然買了雙新鞋，但每天天氣不好，因爲怕弄髒還沒穿過。）

【名言・佳句】

私は自身の既往を顧みれば遺憾なきのみか愉快なことばかりである。　（『福翁自伝』）

顧往事，不但沒有遺憾，還充滿了幸福快樂的回憶。

（《福澤諭吉自傳》）

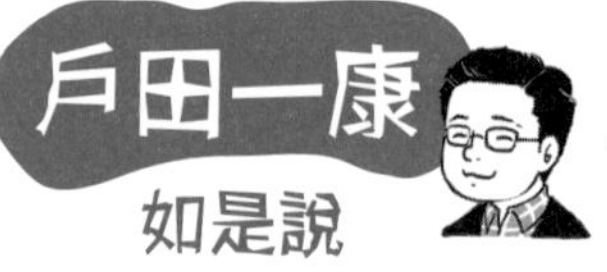

看到這句話，或許有人以爲諭吉的人生一帆風順。事實上，他的人生道路並不平坦。因爲福澤家屬於下級武士階層的關係，他父親一生不得志，諭吉本人也嚐盡身爲下級武士的悲哀及委屈。「門閥制度是父親之仇」這是《福澤諭吉自傳》中著名的一句話。再加上，諭吉活在日本歷史中數一數二的動蕩年代，像他那樣擁有先進思想的人，自然頻頻身處危險。諭吉也曾差點被刺客暗殺。但虛歲六十四歲的諭吉回顧往事卻說，「不但沒有遺憾，還充滿了幸福快樂的回憶」。這不只是代表諭吉爽朗的風格，更呈現出他對人生的積極態度。確實天天反省對人生也沒什麼幫助，只是越來越厭世而已，不如像諭吉那樣爽快地肯定自己的人生吧！……我是這麼反省的。

私は自身の既往を顧みれば遺憾なきのみか愉快なことばかりである。

『福翁自伝』

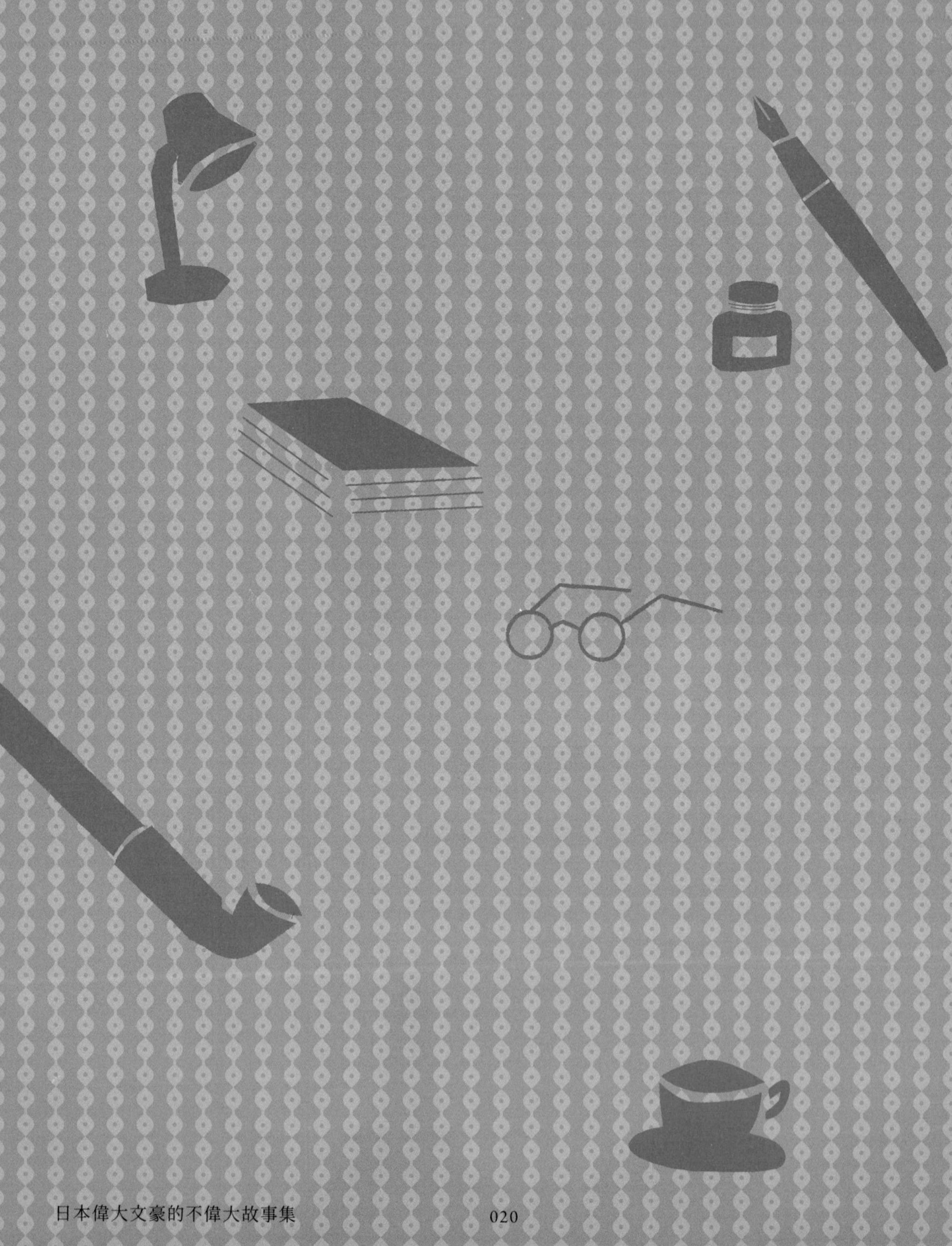

プライドが高すぎて兵隊を
病気にしたダメ軍医?!

因爲自尊心太高，導致阿兵哥生病的糊塗軍醫？！
——森鷗外

怪人類型：【剛愎自用】★★★★★　【頑固執著】★★★★★

森鷗外：（1862 年～ 1922 年）本名爲森林太郎。軍醫、作家。在文學方面，是與夏目漱石齊名的大文豪。而身爲軍醫，雖然晉升爲「陸軍軍醫總監」，但鷗外卻是頗具爭議的人物。代表作有：《舞姬》、《雁》等。

02

森鷗外は僅か十九歳で東京大学医学部を卒業し、陸軍に入った。1884年（明治17年）ドイツに派遣され、衛生学を学んだ。明治時代、ヨーロッパへの公費留学生は超**エリート**[1]だった。鷗外も、自身のドイツ留学体験を人生最大の誇りにしていた。

日清戦争[1]の後、清は台湾及び澎湖諸島を日本に割譲したが、この時期、鷗外は台湾総督府[2]軍医部長として台湾に赴任している。駐台陸軍軍医の最高責任者と言っていい。その日本陸軍の中で**脚気**[2]が大流行した。日清戦争時の日本軍脚気患者数の総数は約三万七千人以上だが、そのうち二万一千人が台湾駐留軍から出ている。しかも、陸軍の脚気死亡者は二千百人を超えていたのに対し、海軍の脚気患者はたったの三十四人で、死亡者はなんとゼロである。

陸軍と海軍、これほど極端な差は一体なぜ生まれたのか。

今から見れば、その理由は非常に単純だった。陸軍では兵士に白米だけを食べさせていたのに対し、海軍では麦飯とパンを供給していた。ただ、それだけである。

森鷗外，年僅十九歲就畢業於東京大學醫學院，然後進入陸軍。1884 年（明治 17 年）被派遣到德國，並學習衛生學。在明治時代，赴歐洲的公費留學生算是超級菁英。鷗外也將自己的德國留學經驗當作人生最大的驕傲。

甲午戰爭結束後，清朝割讓台灣、澎湖及其附屬島嶼給予日本。這個時期，鷗外以台灣總督府軍醫部長的身份赴台灣。他可以說是駐台陸軍的最高負責人。而在日本陸軍之間，腳氣病發生了大流行。甲午戰爭時的日軍腳氣病患者總數到達三萬七千人以上，其中二萬一千人在駐台日軍裡。而且陸軍腳氣病死亡者超過二千一百人，相對的海軍，腳氣病患者只有三十四人而已，死亡人數居然是零！

究竟是爲何陸軍與海軍，會產生這麼極端的差異？

從現在的角度來看，理由非常簡單。陸軍只提供給士兵白飯，相對的海軍提供麥食與麵包。不過如此罷了。

【生詞】

1. **エリート**　英文的「elite」。菁英。　　2. **脚気**（かっけ）　腳氣病。

1 甲午戰爭（1894 年）。
2 台灣日據時代（1895 年～ 1945 年）的最高統治機關。

脚気は**ビタミンB1**[3]の不足によって起こる。だから、ビタミンB1を多く含む食品を摂取するだけで治ってしまう。実際、パンを主食とする欧米人は脚気に**かから**[4]ないし、日本では、白米を主食とする裕福な都会人だけに現れる病気だった。

明治時代の兵士の多くは、田舎の下層階級出身者である。元々、麦や玄米しか食べられなかった彼らにとって、白米は**ごちそう**[5]だった。兵士たちは毎食、白米を多量に食べ、副食をほとんど摂らなかった。そのため、明治初期の軍隊では、陸軍海軍**を問わず**脚気患者が急増し、全体の30%にも及んだと言われている。

当時、ビタミンB1はまだ発見されておらず、脚気の原因は不明だった。鷗外などは脚気を伝染病の一種だと**思い込み**[6]、軍隊の衛生問題にばかり**気を配っ**[7]たが、もちろん効果はなかった。

これに対し、海軍ではイギリス留学から帰った高木兼寛[3]軍医の指導により、状況は**劇的**[8]に改善された。イギリス流の臨床医学を学んだ高木は、軍隊の食事に問題があることを**突き止め**[9]たのである。

腳氣是因爲維他命 B1 不足才引發的病症。所以，只要攝取富含維他命 B 1 的食品就能治好。實際上，以麵包爲主食的歐美人並沒有罹患腳氣病，至於在日本，這是只有以白米爲主食的富裕都市人才會得的病。

明治時期的大部份士兵都是鄉下下級階層出身。對於原本只能吃麥或玄米的他們而言，白米就是美食。士兵他們每一餐都吃大量的白米，幾乎都不吃副食。因此明治初期的軍中，無論陸海軍，腳氣病患者暴增，竟達到全軍的三成之多。

當時，維他命 B1 尚未被發現，腳氣病的原因仍不明。鷗外甚至以爲腳氣病是傳染病的一種，只注意軍隊裡的衛生問題。結果，當然無效。

相對的海軍，在英國留學回來的高木兼寬軍醫的指導下，狀況戲劇性地改善。學習英國式臨床醫學的高木，查明後發現問題出在軍中的食物。

【生詞】

3. **ビタミン** B1　英文的「vitamin」。維他命 B1。　4. **ごちそう**　美食。

5. **思い込む**（おもいこむ）　堅信、深信。　6. **気を配る**（きをくばる）　注意。

7. **劇的**（げきてき）　戲劇性。　8. **突き止める**（つきとめる）　查明。　9. **〜すぎ**　太〜、過於〜。

3　高木兼寬：（1849 年～ 1920 年）日本第一位醫學博士。海軍軍醫總監。

このように、海軍では食事の改善によって脚気をほぼ撲滅したのに対し、陸軍ではこの問題が全く解決されず、日露戦争[4]ではなんと脚気患者二十五万人以上、脚気死亡者二万八千人以上に上ってしまった！

日本陸軍、悲惨**すぎ**[10]！

正に「鷗外」という名の大災害！

鷗外のこの高すぎる**プライド**[11]の根拠は、自分は医学大国ドイツに留学したという一点にある。「ドイツ医学はイギリスより**進ん**[12]でいる。だから、俺は高木より優秀な**はず**[13]」というのは、**論理的**[14]に明らかにおかしいのだが、鷗外はそう信じていた。

実はこうしたプライドは**コンプレックス**の**裏返し**[15]でもある。鷗外の『大発見』という作品の中に、以下のような有名な一節がある。

僕が**洋行**[16]した時の事である。僕は**椋鳥**[17]として輸出せられて、**伯林**[18]の真中に放された。

就這樣，海軍藉由改善食物進而幾乎撲滅腳氣病。而陸軍則完全無法解決此問題，日俄戰爭時的腳氣病患者居然高達二十五萬人以上，因腳氣病死亡人數超過兩萬八千人以上！

日本陸軍，太過悲慘了吧！

這正是名叫「鷗外」的大災難！

鷗外的這般過高的自尊心，來自於擁有醫學大國德國的留學經驗這一點。「德國醫學比英國還先進，所以我應該比高木更優秀才對」。這個邏輯明顯有問題，但鷗外卻如此深信。

事實上，這樣的自尊心就是自卑感的反面。鷗外的作品《大發現》裡有一節如下。

這是我出洋時的事。我簡直是一隻灰椋鳥般被出口，被放在柏林的正中央。

【生詞】

10. **プライド**　英文的「pride」。自尊心、驕傲。

11. **進む**（すす）　先進。　12. **〜はず**　應該〜。　13. **論理的**（ろんりてき）　邏輯。

14. **コンプレックス**　英文的「complex」。情結、自卑感。

15. **裏返し**（うらがえ）　反面。　16. **洋行**（ようこう）　出洋。赴西洋國家。

17. **椋鳥**（むくどり）　灰椋鳥。又爲都會人嘲笑鄉下人時的一種比喻。

18. **伯林**（ベルリン）　德國首都柏林的日文寫法。

4 日俄戰爭（1904 年～ 1905 年）。

椋鳥というのは「都会に出てきた田舎者」の**譬え**[19]だ。鷗外は大都会伯林で、自分がいかに小さい存在か**身に染み**[20]たのだろう。鷗外が**頑な**[21]に麦飯の効用を否定したのは、一旦認めてしまうと、彼の信じるドイツの権威が**失墜する**[22]ような気がしたからではないか。

ドイツから帰国したばかりの時期に、鷗外は日本食を賛美する講演を行っているが、その中で、高木を**皮肉る**[23]こんな**迷言**[24]を述べている。

ローストビーフ[25]**に飽く**[26]**ことを知らざる**[27]**イギリス流偏屈**[28]**学者。**

このかなり幼稚な悪口は、鷗外の上官だった石黒忠悳[5]を喜ばせたが、現代においては、医学界で**しばしば**[29]引用される**ジョーク**[30]になっている。

灰椋鳥是比喻「來都會的鄉下人」。鷗外在大城市柏林，可能深感自己多麼渺小吧！鷗外之所以很固執地否定麥飯的效用，是因爲一旦承認了，感覺不就像喪失他所相信的德國權威一般？

剛從德國回國的時候，鷗外做了讚美和食的演講，其中暗諷高木而說出如此荒謬的言語。

永遠吃不膩烤牛肉的英式頑固學者

當下這個滿幼稚的壞話確實令鷗外的長官石黑忠悳感到高興，可如今卻成爲現代的醫界中常常被引用的笑話。

【生詞】

19. **譬(たと)え**　比喻。　20. **身(み)に染(し)みる**　深感。　21. **頑(かたく)な**　固執。

22. **失墜(しっつい)する**　喪失。　23. **皮肉(ひにく)る**　諷刺。

24. **迷言(めいげん)**　糊塗、荒謬言語。利用日文的「名」跟「迷」是同音這一點，卻表示相反的意思。例如，名偵探⇔迷偵探。

25. **ローストビーフ**　英文的「roast beef」。烤牛肉。

26. **飽(あ)く**　「飽(あ)きる」的文言文說法。膩。

27. **〜ざる**　「〜ない」的文言文說法。　28. **偏屈(へんくつ)**　頑固、孤僻。

29. **しばしば**　常常、頻頻。比「よく」更書面的說法。

30. **ジョーク**　英文的「joke」。笑話。

5 石黒忠悳：（1845 年～ 1941 年）陸軍軍醫總監、貴族院議員。在日本陸軍，堅持主張以白飯爲主食的罪魁禍首之一。

作家としての鷗外は、確かに大文豪なのだが、軍医としてはまったく**フォロー**[31]のしようがないのだ。

日本医学史に残る大失敗をしながら、鷗外は最終的に陸軍軍医総監[6]にまで昇進した。官僚の世界というのは、**なんとも**[32]不思議なものである。

身爲作家的鷗外的確是位大文豪，但從軍醫的角度來看，完全無法幫他補救。

雖然犯了留在日本醫學史的大失敗，但鷗外最後仍晉升爲陸軍軍醫總監。官僚的世界，實在很不可思議。

【生詞】

31. **フォロー**　英文的「follow」。補救、追蹤。

32. **なんとも**　實在、眞的。

6　陸軍軍醫的最高位。

【句型練習】

～を問（と）わず　　無論～、不管～

①この仕事（しごと）は経験（けいけん）の有無（うむ）を問（と）わず応募（おうぼ）できます。

（這個工作不管有沒有經驗，皆可以應徵。）

②「不夜城（ふやじょう）」と呼（よ）ばれる台北（タイペイ）は、昼夜（ちゅうや）を問（と）わず賑（にぎ）やかだ。

（被稱爲「不夜城」的台北，不論晝夜都很熱鬧。）

【名言・佳句】

ローストビーフに飽くことを知らざるイギリス流偏屈学者。

（『非日本食論ハ将ニ其根拠ヲ失ハントス』）

永遠吃不膩烤牛肉的英式頑固學者。

（《和食不要論即將喪失其根據》）

雖然森鷗外是與夏目漱石齊名的大文豪，但兩者的寫作風格卻截然不同。漱石初期的《我是貓（吾輩は猫である）》《少爺（坊っちゃん）》算是日本文學中的代表性幽默小說，相對的鷗外作品中卻找不到幽默的因素。缺乏幽默感這點或許是鷗外最大的弱點也說不定。

鷗外在《和食不要論即將喪失其根據》裡要強調和食的優點，所以才拿代表性英國料理的烤牛肉來諷刺高木兼寬。鷗外可能自以爲批評有理且頗具幽默。但「永遠吃不膩烤牛肉的英式頑固學者」此話雖然其意圖明顯，但其實一點都不好笑。「頑固學者」一詞，卻好像在批評鷗外本身一般。

原來諷刺別人比讚美別人似乎更需要技巧及機智……。

ローストビーフに飽くことを知らざるイギリス流偏屈学者。

『非日本食論ハ将ニ其根拠ヲ失ハントス』

変なファンからの手紙にマジギレした大文豪!!

夏目漱石

因爲怪粉絲寄來的信而眞正暴怒的大文豪！！
——夏目漱石

怪人類型：【情緒控制差】★★★★　【責任推到別人身上】★★★★

夏目漱石：（1867 年～ 1916 年）日本近代文學最偉大的文豪。同時作品仍是至今最膾炙人口的作家之一，因此被冠「國民作家」之稱。代表作有《我是貓（吾輩は猫である）》、《少爺（坊っちゃん）》、《心（こころ）》等。

03

夏目漱石は日本近代文学史上最も偉大な文豪であると同時に、**デビュー作**[1]『吾輩は猫である』以来、明治文壇で**一二を争う**[2]人気作家だった。

このため、漱石は人気作家**ならでは**の問題にも直面しなければならなかった。例えば、変なファンからの手紙である。

漱石は『硝子戸の中』の中で、「播州の坂越[1]にいる岩崎という人」の**ハラスメント**[3]を受けた話を書いている。

この岩崎は、何度も漱石に**端書**[4]を送ってきた。しかも、**俳句**[5]を書いて送ってくれという内容なのである。こんな**図々しい**[6]手紙は無視すればよいだろうに、読者を大事にする漱石は、毎回俳句を作って送ってあげていた。

ある日、岩崎からの**小包**[7]が届いた。**なんとなく**[8]**厭な予感**[9]がした漱石は、小包を開けずに書斎に置いておいた。そのうち、小包のことは忘れてしまった。

夏目漱石是日本近代文學史上最偉大的文豪，同時也是從出道作《我是貓》以來，明治文壇數一數二的人氣作家。

但他也要面對只有人氣作家才有的問題。例如，怪粉絲的來信。

漱石曾經在《玻璃門內》裡敘述被「住在播州坂越的岩崎」騷擾的事。

這個岩崎寄過好幾張明信片。而且內容都是委託漱石寫給他俳句。收到這麼厚臉皮的信，不要理他就好了吧！但珍惜讀者的漱石，每次都會寫給他俳句作品。

有一天，漱石收到岩崎寄來的包裹。漱石不知爲何感到一陣不祥的預感，於是將包裹原封不動的直接放置在書房裡。過了一陣子，漱石就把包裹的事給忘了。

【生詞】

1. **デビュー作**（さく） 出道作。「デビュー」是法語的「début」。
2. **一二を争う**（いちにをあらそう） 數一數二。
3. **ハラスメント** 英文的「harassment」。騷擾。
4. **端書**（はがき） 又寫「葉書」。明信片。
5. **俳句**（はいく） 日本傳統定型詩之一。五個字、七個字、五個字，總共十七個字的組合。
6. **図々しい**（ずうずうしい） 厚臉皮、不要臉。 7. **小包**（こづつみ） 包裹。
8. **なんとなく** 不知爲何、總覺得 9. **厭な予感**（いやなよかん） 不祥的預感。

1. 播州の坂越（ばんしゅうのさごし） 「播州」是指現在的兵庫縣南部。又稱爲「播磨國」。「坂越」是位於兵庫縣赤穗市東部的地名。在江戶時代，以赤穗義士爲名的赤穗藩所在地。

ほぼ同じ頃、**送り主**[10]不明の茶が送られてきた。「読者からの**贈り物**[11]かな？」と、漱石はあまり深く考えずに、そのお茶を飲んでしまう。

暫くすると、岩崎からまた手紙が来て、「富士山の画を返してくれ」と言うのである。向こうが何を言っているのかわからない漱石は、相手にしないことにした。ところが、岩崎は何度も何度も、同じ内容の手紙を送ってくる。漱石は相手の精神状態を疑い始めた。

二三ヶ月後、漱石が書斎の片付けをしていた時、忘れていた小包が**ひょっこり**[12]出てきた。開けてみると、中に富士山の画があった。手紙には「画の**賛**[13]をしてくれ。御礼に茶をあげる」と書いてある。

「あの男が言っていたのは、この画のことだったのか」

賛はしなかったが、真面目な漱石は丁寧な**詫び状**[14]を書き、画を岩崎に送り返したのだった。

普通なら、これで終わりになるはずだが、なんと岩崎はまた手紙を寄こした。今度は**短冊**[15]が入っていて、「赤穂義士[2]に関する俳句を書いてくれ」と言うのである。あまりの**厚かましさ**[16]に言葉も出ない漱石先生。しかも、岩崎の手紙攻撃は止まらない。内容もますます病的になっていく。

與這件事差不多同一時期，漱石收到寄件人不詳的茶葉。「是讀者送我的禮物嗎？」漱石沒想那麼多，便將茶都喝掉了。

不久後，岩崎又寄信來說：「請還我富士山的畫」。漱石不知道對方究竟在說什麼，決定不予理會。但岩崎就是不斷地寄來好幾封寫著重覆同樣內容的信件。於是，漱石開始懷疑他的精神狀態。

兩、三個月後，漱石整理書房時，偶然間發現了早已被遺忘的包裹。打開來一看，裡面居然就是富士山的畫。信上寫：「請寫上題畫詩，我將送上茶葉當作回禮」。

「原來那個人說的是這幅畫！」

雖然沒有幫他寫題畫詩，但個性認眞的漱石寫了一封很禮貌的道歉信，並將畫與信一同送了回去。

在一般狀況之下，這件事應該就此告一段落。岩崎居然又寄信過來。這次一起放的是長條詩箋，說：「請寫給我以赤穗義士爲主題的俳句」。對方厚臉皮的程度讓漱石十分無言。而且岩崎的信件攻擊並未停止，內容也愈發病態。

【生詞】

10. **送り主**（おくりぬし）　寄件人。　11. **贈り物**（おくりもの）　禮品、禮物。　12. **ひょっこり**　偶然間。

13. **贊**（さん）　**題畫詩**。　14. **詫び状**（わびじょう）　道歉信。　15. **短冊**（たんざく）　長條詩箋。

16. **厚かましさ**（あつかましさ）　形容詞「厚かましい」（指「厚臉皮、無恥」）的名詞形。

2. 赤穗義士（あこうぎし）　指元祿 15 年（西元 1703 年）12 月 14 日，爲報舊主淺野長矩之仇，襲擊吉良宅邸，殺害吉良義央的赤穗藩藩士大石內藏助以下 47 名武士。後來他們的行爲被認爲是象徵日本武士精神的美談，故改編爲歌舞伎《假名手本忠臣藏》而大受歡迎。直到如今，以赤穗義士爲主題的電視劇或電影作品不勝枚擧。

「茶をあげましたよね？」「書いてくれないなら、茶は返して下さい」。手紙の来る頻度も上がり、二週間に一度が、一週間に一度になる。ついに我慢できなくなった漱石は、返事にこう書いた。

茶は飲んでしまった、短冊も失くしてしまった、以来端書を寄こす事は一切無用である！

文豪、**マジギレ**[17]。

漱石は元々、**癇癪持ち**[18]で有名だった。芥川龍之介の『漱石先生の話』によると、ある日漱石が**銭湯**[19]に行った時、前にいた男の**上がり湯**[20]が、後ろにしゃがんでいた漱石にかかったことがある。瞬間的にキレた漱石は、「**馬鹿野郎**[21]！」

と大声で罵った。

龍之介は、ただ「一人の**頑丈**[22]な男」と書いているが、どうも**やくざ**[23]のような男だったらしい。漱石も**怒鳴っ**[24]た後で、すぐ「**しまった**[25]！」と後悔したが、もう間に合わない。幸いにも、相手の男が「すみません」と謝ったので、それで**済ん**[26]だ。

「我不是送給您茶了？」「您不寫的話，請把茶還我」。收信頻率也日漸提高；從兩週一次變成一週一次。最終，漱石忍無可忍地回信如下。

茶喝完了，詩箋弄丟了，此後千萬不要再寄信過來！

文豪，真的暴怒了。

漱石本來就是出了名的脾氣暴躁。根據芥川龍之介《關於漱石老師的事》，有一天漱石去澡堂的時候，坐在前面的男人將淨身用的水，潑濺到蹲在後方的漱石身上。瞬間暴怒的漱石便大聲罵他說：「你這個笨蛋！」。

雖然龍之介只寫「一個身材很壯的男人」，但好像是個黑道人。「糟糕！」漱石也在破口大吼之後立刻後悔，但已經來不及了。幸好對方只是說了聲對不起，事情便結束了。

【生詞】

17. **マジギレ**　「キレる」是指「突然暴怒、情緒失控」。「マジ」代表「真的、認真的」。

18. **癇癪持ち**（かんしゃくもち）　脾氣暴躁。　19. **銭湯**（せんとう）　澡堂。　20. **上がり湯**（あがりゆ）　淨身用的開水。

21. **馬鹿野郎**（ばかやろう）　「馬鹿」指「笨蛋、白癡」。「野郎」則是罵男生的說法。

22. **頑丈**（がんじょう）　身材很壯。　23. **やくざ**　黑道。　24. **怒鳴る**（どなる）　大聲吼叫。

25. **しまった**　發現自己失敗時發出的「感動詞（かんどうし）」。近似中文的「糟糕！」。

26. **済む**（すむ）　了事。

このエピソードと較べれば、岩崎の件では、漱石はよく我慢した方だろう。

岩崎にキレた後で、漱石の名言が出る。

こんな非紳士的な挨拶をしなければならない様な穴の中へ、私を追い込んだのは、この坂越の男である。

この大文豪には、少々「**人のせいにする**[27]」傾向があった点は否めない。

文鳥を飼った時など、明らかに自分がちゃんと世話をしなかったせいで死なせたくせに、「家人が餌をやらないものだから、文鳥はとうとう死んでしまった」と、鈴木三重吉[3]宛の手紙の中で、全部家族のせいにしている。

不思議なのは、性格的に問題がないとは言えなかったにもかかわらず、かえって多くの人が漱石の**人となり**[28]に引かれたことである。訪ねてくる人があまりに多くて執筆に**専念**[29]できないため、漱石は接客日を木曜日に限定したが、それが後に「木曜会」と呼ばれるようになったことはよく知られている。

和這個軼事相比，漱石對岩崎應該還算是有耐心吧！

對岩崎暴怒後，漱石說出了名言。

就像逼我跳進一個洞穴一般，讓我做出如此非紳士的言行之罪魁禍首就是這個坂越的男人。

這位大文豪不能否定稍微有著「把責任推到別人身上」的傾向。

曾經在飼養文鳥時，明明就是因爲自己沒有好好照顧弄死了牠，卻將責任統統推到家人身上，還在寄給鈴木三重吉的信上寫：「家人沒有給文鳥飼料，最後弄死了牠」。

不可思議的是，雖然個性上不能說沒問題，但很多人卻被漱石的爲人所吸引。因爲拜訪漱石的人太多，害漱石無法專心寫作，只好將接待客人的日子限定爲星期四，後來被稱之爲「木曜會」，是相當有名的故事。

【生詞】

27. **〜のせいにする**　把責任推到〜的身上。　　28. **人（ひと）となり**　爲人。

29. **専念（せんねん）**　專心。

3　鈴木三重吉：（1882 年〜 1936 年）小說家、童話作家。夏目漱石的徒弟之一。1918 年，創刊兒童文學雜誌《紅鳥（赤い鳥）》。勸漱石飼養文鳥的人。

漱石は、決して所謂聖人君子ではなかった。聖人君子なら、変な読者からの手紙を受け取っても、おそらく冷たく無視するだけだろうし、ただ一羽の文鳥のために家族への文句を手紙に書くなど、もっとあり得ないだろう。

ただ、漱石の少し滑稽な味わいを持つ怒りの中には、一種の「やさしさ」が隠れていないだろうか。だから**こそ**[30]、漱石は様々な小さいことを**気にせ**[31]ずにいられなかったのだし、時に非紳士的な言動をとらずにはいられなかったのだ……。

それが、漱石の魅力の源泉だと私には思われるのである。

漱石絕對不是所謂的聖人君子。若他是聖人君子，就算收到怪讀者的信，大概也只會冷淡地不理會罷了，更不可能只爲一隻文鳥寫了封抱怨家人的信吧！

在漱石稍微帶有滑稽味道的憤怒裡，是否隱藏著一種「溫柔」？正因如此，漱石不能不在乎種種瑣事，有時也不得不做出非紳士的言行……。

我認爲，這就是漱石的魅力來源。

【生詞】

30. **～こそ**　所謂「とりたて助詞」之一。特別強調前面的詞。
31. **気にする**　在意、在乎。

【句型練習】

～ならでは　　只有～才有的、只有～才能～

①美しい紅葉を愛でながら温泉に入るのは、日本ならではの旅の楽しみだ。

（一邊欣賞美麗的紅葉一邊泡溫泉是只有日本才有的旅遊樂趣。）

②この店では、インド人シェフならではの本格的な印度カレーが楽しめる。

（在這家店，客人可以品嘗只有印度主廚才能做出的道地印度咖哩。）

【名言 · 佳句】

こんな非紳士的な挨拶をしなければならない様な穴の中へ、私を追い込んだのは、この坂越の男である。　　　　　　　　（『硝子戸の中』）

就像逼我跳進一個洞穴一般，讓我做出如此非紳士的言行之罪魁禍首就是這個坂越的男人。　　　（《玻璃門內》）

不小心情緒失控後，若你擔心自己的形象受損，可以用這句話來彌補。我本來是個有教養的人，但對方實在太過離譜，才逼得我一時情緒失控。千錯萬錯都是對方的錯！

但若因爲你太常用這一套，導致周圍的人對你的評價不好，也請不要怪我。要怪應該要怪夏目漱石才對（我也把責任推到這位大文豪身上）。

こんな非紳士的な挨拶をしなければならない様な穴の中へ、私を追い込んだのは、この坂越の男である。

『硝子戸の中』

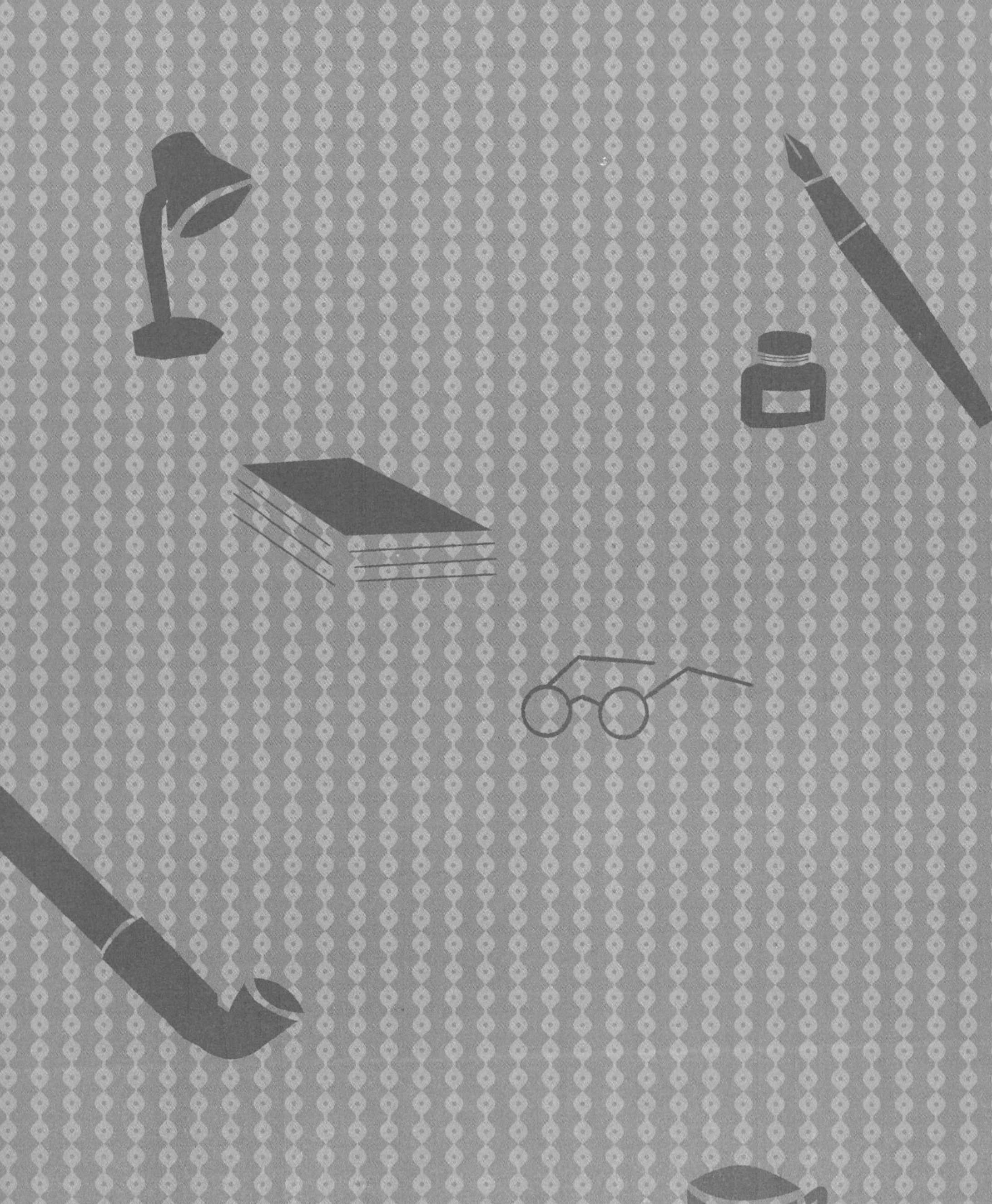

残念な作家の面白すぎる人生!!

岩野泡鳴

令人感到遺憾的作家之極有趣人生！！——岩野泡鳴

怪人類型：【拈花惹草】★★★★　【自不量力】★★★★★

岩野泡鳴：（1873 年～ 1920 年）日本自然主義的代表性作家之一。以複雜混亂的私生活爲名。代表作有《放浪》《斷橋》《發展》《服毒藥的女人（毒薬を飲む女）》《憑物（憑き物）》（泡鳴五部作）等。

04

岩野泡鳴。現在、この名前を知っている人は多くない。作品を読んだことがある人は、もっと少ないだろう。そう、岩野泡鳴は忘れられた作家である。日本近代文学史には名前があるが、「異色の作家」と呼ばれている。これは専門家の間でも評価がかなり微妙なことを表している。そう、岩野泡鳴は残念な作家である。

泡鳴は『神秘的半獣主義』という不思議な論文を書いている。これは泡鳴の文学思想を表すと同時に、彼の**生き方**[1]そのものでもあるのだ。なぜなら、彼の小説は**私小説**[2]と呼ばれる**スタイル**[3]で、自分の人生が小説の材料なのである。別の角度から見ると、泡鳴は小説を書くために人生経験を創っていたと言える。

泡鳴の代表作は、「泡鳴五部作」と呼ばれる**一連**[4]の私小説なのだが、その内容がすごすぎる！

泡鳴は生涯に三回結婚しているだけでなく、更に**芸者**[5]と付き合ったり、**愛人**[6]をつくったりして、私生活はめちゃくちゃ。子供がたくさんいるが、泡鳴の原稿料は安いので、家計はいつも**火の車**[7]である。栄養状態が悪いせいで子供が何人も死んだり、病気になって入院したりする。

岩野泡鳴。如今，知道這個名字的人不多。看過他作品的人可能會更少。沒錯，岩野泡鳴是位被遺忘的作家。雖然在日本近代文學史上留下名字，但被稱爲「異色作家」。這代表專家對於他的評價也相當微妙。沒錯，岩野泡鳴是位令人遺憾的作家。

泡鳴曾經寫作一篇叫《神秘半獸主義》的奇怪論文。這不但呈現出泡鳴的文學思想，也代表著他自身的生活方式。因爲他的創作風格是私小說，自己的人生即是小說題材。換個角度來看，他可以說是爲了寫作小說而創造人生經驗的人。

泡鳴的代表作是被稱爲「泡鳴五部作」的一系列私小說，其內容相當浮誇！

泡鳴，生涯中結過三次婚，再加上跟藝妓交往、養小三，私生活亂七八糟。家裡小孩很多，泡鳴的稿費又便宜，家計貧困是常態。好幾個小孩因爲營養狀態不佳而死亡或生病住院。

【生詞】

1. **生き方**（いきかた） 生活方式。對人生的態度。

2. **私小說**（ししょうせつ） 日本近代文學的小說形式之一。一般認爲，私小說中的故事敘述者「我」（私）等於作品中的主角，也等於作者本身。

3. **スタイル** 英文的「style」。風格。 4. **一連**（いちれん） 一系列、一連串。

5. **芸者**（げいしゃ） 藝妓。 6. **愛人**（あいじん） 小三。 7. **火の車**（ひのくるま） （家計）貧困。

こんな状況の中で、泡鳴はいきなり樺太[1]に蟹の**缶詰工場**[8]を作ると宣言し、本当に東京を離れ、日本の最北端まで出かけていく。

ただ、どう見ても、泡鳴は経営者**の器**[9]ではないのだ。「この主人公、必ず失敗する！」と全ての読者が思うのだが、主人公——泡鳴本人だけが成功すると信じ込んでいる。愛人も**はるばる**[10]北海道までやってくる。この愛人はそれほどまでに泡鳴を愛しているかと言えば、**とんでもない**[11]。二人が再会した時の会話は以下の通りだ。

「早く病気を治せ。病気さえ治れば、もうお前の世話など**にならん**[12]」

「まだ治らないのか」

「ふん。……医者にも行けなければ、治るはずはない。」

なんと愛人は泡鳴に性病をうつされており、病院に行く金もないから、仕方なく北海道に来たのである。この後も、一組の男女の醜い争いが**延々と**[13]続いてゆくのだ。

在這樣的狀況之下，泡鳴卻突然宣告，他要在樺太開螃蟹罐頭工場，然後就眞的離開東京，到日本的最北邊去。

但不管怎麼看，泡鳴並非經營者的料。「這個主角一定會失敗！」雖然所有讀者都這麼認爲，但只有主角——泡鳴本人對於自己的成功深信不疑。他的小三也千里迢迢來到北海道。若說這位小三愛泡鳴愛得死去活來，就大錯特錯了。兩個人再會時的對話如下。

「趕快讓我看醫生。只要我的病治好，再也不需要你這種人的照顧」

「妳的病還沒好？」

「哼！……都不能去看醫生，怎麼可能會好？」

原來這個情婦被泡鳴傳染性病，因爲連看醫生的錢都沒有，只好跑來北海道。這一對男女的醜陋鬥爭，此後也沒完沒了地繼續下去。

【生詞】

8. **缶詰**（かんづめ） 罐頭。 9. **～の器**（うつわ） ～的料。 10. **はるばる** 千里迢迢、遠道而來。

11. **とんでもない** 強烈地否定：完全相反、大錯特錯、哪裡的話。

12. **ならん** 「ならぬ（ならない）」的「撥音便（はつおんびん）」。（「音便」指爲了發音上的方便產生的一種音變。）

13. **延々と**（えんえん） 沒完沒了。

1 位於北海道北方，屬於俄羅斯的島嶼。中文叫庫頁島，俄語名爲薩哈林島（Sakhalin）。日俄戰爭後，俄羅斯割讓給日本北緯 50°以南的「南樺太」，因此從 1905 年至第二次世界大戰結束爲止是屬於日本領土。

泡鳴の友人正宗白鳥[2]が『岩野泡鳴論』の中で、泡鳴五部作について次のような**身も蓋もない**[14]感想を述べている。

> 醜男醜女の情事を見ているようで、読者は読みながら羨望の感じを起すことがない。

確かに、泡鳴は所謂**イケメン**[15]タイプではなかった。ちなみに、正宗白鳥も筆名は美しいが、イケメンではない。明治時代の作家は「泡鳴」とか、「白鳥」とか、筆名はかっこいいが、本人の容貌との間に落差のある作家が少なくない。

自分の**わがまま**[16]で醜悪な心理を、全く**ごまかさ**[17]ず、正確に描く。それが泡鳴作品の特色だ。五部作の中で最も有名な『毒薬を飲む女』の中に、次のような名言がある。

> 千代子（妻）も死ね、お鳥（愛人）も死ね、入院している二名の子も死ね、そうしたら、最も冷たい雪や氷の中へでも、自由自在に自分の事業をしに行ける。

泡鳴的朋友正宗白鳥在《岩野泡鳴論》中提到泡鳴五部作，寫下直接了當且毫不含蓄的感想如下。

就像看醜男醜女的愛情畫面一般，讀者對於作品內容不會感到任何羨慕。

泡鳴的確並非所謂的美男子類型。順便一提，正宗白鳥雖然筆名很美，但他也不是美男子。明治時期的作家，就像「泡鳴」、「白鳥」那樣，雖然筆名很帥，但與本人的容貌之間有落差的不在少數。

完全沒有敷衍，正確地描寫自己任性且醜陋的心理，這就是泡鳴的作品特色。五部作之中最有名的《服毒藥的女人》中有名言如下。

千代子（妻子）、阿鳥（小三），妳們都去死吧！在住院的兩個小孩，你們也統統死好了。這樣子，我才能自由自在地到最冷的冰雪世界去，並展開自己的事業。

【生詞】

14. **身(み)も蓋(ふた)もない**　太直接、毫不含蓄的說法。　15. **イケメン**　美男子。

16. **わがまま**　任性。　17. **ごまかす**　敷衍。

2 正宗白鳥：（1879年～1962年）小說家、評論家。日本自然主義文學的代表性作家之一。代表作有《泥娃娃（泥人形）》（小說）、《作家論》（評論）。

この後、泡鳴は本当に全てを棄てて、「最も冷たい雪や氷の中」──樺太・北海道へ行ってしまうのだ。

その行為のあまりのひどさに読者は**呆れ**[18]てしまうが、泡鳴は自分を全く美化しないので、悲惨の中に一種の滑稽味が感じられ、かえって独特の魅力になっている。

しかも、行動力だけは**人一倍**[19]あるので（最後は全部失敗するが）、泡鳴五部作はまるで映画でも観ているようで、すごく面白い。主人公が読者の共感や同情を全く得られないのに、内容が面白い。こんな小説は**他に類を見ない**だろう。

岩野泡鳴──日本近代文学の鬼才……いや、**鬼畜**[20]作家である。

【生詞】

18. **呆れる**　看得目瞪口呆。嚇呆。　19. **人一倍**　比別人加倍。

20. **鬼畜**　指（日本傳說中的）鬼與畜生。就像「鬼畜」一樣沒人性、殘暴的人。

然後，泡鳴眞的不顧一切，到「最冷的冰雪世界裡」——樺太．北海道去了。

因爲他的行爲實在太糟糕，讀者看得目瞪口呆。但由於泡鳴完全沒有美化自己之故，悲慘中帶有著一種滑稽味，卻成爲了獨特魅力。

而且他的行動力比別人加倍（雖然最後都是失敗），泡鳴五部作就像觀賞電影般，非常有趣。雖然主角完全得不到讀者的共鳴及同情，但作品內容卻很有趣，這種小說應該找不到其他相似的例子吧！

岩野泡鳴——日本近代文學的鬼才……不對，是鬼畜作家。

【句型練習】

他(た)に類(るい)を見(み)ない　沒有其他相似的例子、非常稀罕。

①この推理小説(すいりしょうせつ)のトリックは、他(た)に類(るい)を見(み)ない独特(どくとく)のもので、ミステリーファンの間(あいだ)で大(おお)きな話題(わだい)になった。

（這篇推理小說的詭計非常稀罕、獨特，在推理迷之間引起了很大的話題。）

②彼(かれ)のように毀誉褒貶相半(きよほうへんあいなか)ばする政治家(せいじか)は、歴史上(れきしじょう)他(た)に類(るい)を見(み)ない。

（像他那樣毀譽參半的政治家，在歷史上非常稀罕。）

【名言．佳句】

千代子も死ね、お鳥も死ね、入院している二名の子も死ね、そうしたら、最も冷たい雪や氷の中へでも、自由自在に自分の事業をしに行ける。

（『毒薬を飲む女』）

千代子、阿鳥，妳們都去死吧！在住院的兩個小孩，你們也統統死好了。這樣子，我才能自由自在地到最冷的冰雪世界去，並展開自己的事業。（《服毒藥的女人》）

假設岩野泡鳴活在現代世界，他會過什麼樣的生活呢？

岩野泡鳴是位創作慾望非常強烈的人。他總是在寫作。寫完了就投給報刊雜誌，大部份的稿子就直接被退回，就算偶爾被採用，稿費也少得可憐。但他仍然孜孜不倦地繼續寫作。

若泡鳴是現代人，他絕對不放過能夠透過網路發表言論的機會。他的臉書、推特、YouTube 頻道等一定每天更新，而且會經常處於日文所謂的「炎上」狀態（指有激烈的網路負評狀態）。像《服毒藥的女人》中的這句名言，無疑引起網友的強烈反彈。但網路世界本來就缺乏善惡概念，點閱率決定一切。雖然是負聲量，但引起話題總比無人看好。泡鳴很有可能成為百萬網紅也說不定……。

千代子も死ね、お鳥も死ね、入院している二名の子も死ね、そうしたら、最も冷たい雪や氷の中へでも、自由自在に自分の事業をしに行ける。

『毒薬を飲む女』

日常生活が完全に病気?!

泉鏡花

日常生活完全是病態？！
——泉鏡花

怪人類型：【過度潔癖】★★★★★　【膽小如鼠】★★★★★

泉鏡花：（1873 年～ 1939 年）因爲作品裡常常出現超自然的存在，所以被稱爲「怪談文豪」。尤其是以描寫女妖形象爲名；《高野聖》是此類的代表性傑作。其他代表作有《外科室》、《草迷宮》、《歌行燈》等。

05

『文豪ストレイドッグス』[1]ファンは、泉鏡花のことを女性（しかも美少女？）だと誤解しているかもしれないが、実は男性作家である。ただ、確かに「俺は男だ！」というタイプの人ではなかった。

水上滝太郎[2]のエッセイに詳しく書かれているように、泉鏡花は極度の潔癖症で、非常に**怖がり**[1]な性格だったのだ。

例えば——

滝太郎が初めて鏡花の家に行った時のこと。書斎に**招じ入れ**[2]られた滝太郎が、鏡花の前に座って**おじぎ**[3]をすると、鏡花も丁寧におじぎを返したが、その動作はかなり変わっていた。

両手とも拇指と他の指で軽い輪を**こしらえ**[4]、**甲**[5]の方を畳につけて頭をさげるのである。

《文豪野犬 Stray Dogs》的粉絲們，或許誤以為泉鏡花是女生（而且是美少女？），事實上他是男性作家。但他的確並非是「我是男子漢大丈夫！」類型的人。

就像水上滝太郎的散文詳細描述的那樣，泉鏡花是位極度潔癖、非常膽小容易害怕的人。

例如——

這是滝太郎第一次拜訪鏡花時候的故事。被請到書房後，滝太郎坐在鏡花的面前敬禮，鏡花也很禮貌地回禮。但他的動作相當特別。

雙手都用拇指跟其他手指做一個圈，保持手背朝向榻榻米的姿勢敬禮。

【生詞】

1. **怖がり**　膽小、很容易感到害怕的個性或這樣的人。

2. **招じ入れる**　請到～裡。　　3. **おじぎ**　敬禮、鞠躬。

4. **こしらえる**　「作る（做）」的舊說法。　　5. **甲**　手背。

1 文豪ストレイドックス：中文標題爲《文豪野犬 Stray Dogs》，指朝霧卡夫卡（朝霧カフカ）與春河 35 合作的日本漫畫作品及漫畫改編的動畫作品。像中島敦、太宰治等，擁有文豪名字的角色展開異能力戰鬥的故事。

2 水上滝太郎：（1887 ～ 1940）小說家、散文家。代表作有《大阪之宿（大阪の宿）》、《貝殼追放》等。本名爲阿部章蔵。「水上滝太郎」是泉鏡花的小說人物「水上規矩夫」跟「千破矢滝太郎」合起來的筆名。以鏡花作品的頭號粉絲爲名，也是春陽堂版《鏡花全集》的編輯委員之一。

後でその理由を知って、滝太郎は驚いた。**なんと**[6]超潔癖症の鏡花は細菌感染を恐れる**あまり**[7]、自分の家の畳にさえ手を触れられないのだ！

他にも、滝太郎は驚きのエピソードの数々を紹介している。

鏡花の家では、**鉄瓶**[8]の口や**煙管**[9]の口の全てに、**夫人手製**[10]の筒がかぶせてあるが、これは蝿防止のためである。

鏡花は基本的に妻が作った料理しか食べず、**生もの**[11]は絶対に口に入れない。**やむを得ない**[12]理由で旅館に泊まる時は、出された料理を自分の部屋へ持ち帰り**煮返し**[13]てからでないと食べない。酒も**ぐらぐら**[14]**煮立て**[15]たのを飲む。汽車の旅の時などは、**アルコールランプ**[16]を持参して、自分の席でうどんを煮て食べていたという。

鏡花が恐れたのは細菌だけではない。

実は、一番**苦手**[17]だったのは雷である。雷が鳴りそうになっただけで、緊張のためにお腹が痛くなる。そして本当に雷が鳴ると、**恥も外聞もなく**[18]、「わあっ！」と**蚊帳**[19]の中にもぐり込んで震えている。鏡花の家は夏だけでなく、一年中蚊帳が出してあったのは、この理由に拠る。他人の家を訪問する時、先ず気にかけたのは、その家に蚊帳があるかどうかだったそうだ。

後來知道原因後，滝太郎嚇了一大跳。原來超級潔癖的鏡花，因爲太怕細菌感染，連自家的榻榻米都不敢直接用手碰觸！

滝太郎還有介紹驚人的種種軼聞趣事。

在鏡花家，鐵壺、煙帶等所有開口處都套著夫人親手做的筒子。這是爲了防止蒼蠅。

基本上，鏡花只吃妻子煮的菜，也絕對不吃生食。有非不得已的理由必須入住旅館時，他會先把旅館提供的菜拿回自己的房間，重新再煮一次才敢下嚥。酒也是一定要滾燙才可以。據說，像火車之旅那樣的場合，自備酒精燈，在座位上自己煮烏龍麵來吃。

鏡花害怕的不只是細菌。

事實上他最討厭的是打雷。只要快打雷的樣子，便開始緊張，馬上肚子痛。然後眞的打雷了，完全不顧自己的形象，「哇！」一聲跑進蚊帳裡發抖。鏡花家之所以一年四季都掛著蚊帳，就是因爲這個理由。據說他訪問別人時，第一個在意的是那個家是否有蚊帳這件事？

【生詞】

6. **なんと～**　原來～。　7. **～あまり**　因過於～。
8. **鉄瓶**　鐵壺。　9. **煙管**　煙袋。　10. **手製**　親手做。　11. **生もの**　生食。
12. **やむを得ない**　不得已。　13. **煮返す**　再煮一次。
14. **ぐらぐら**　形容「滾燙、沸騰」樣子。　15. **煮立てる**　煮開。
16. **アルコールランプ**　酒精燈。　17. **苦手**　最怕、難以對付。
18. **恥も外聞もない**　不顧自己形象
19. **蚊帳**　蚊帳。以前日本有「躲在蚊帳裡面就可以避雷」的迷信。

恐怖**リスト**[20]の二番目は、犬。

野良犬[21]の攻撃から自分の身を守るために、散歩の時は必ず太い**ステッキ**[22]を持って出るのだが、鏡花はステッキで犬を**脅かせ**[23]るような人間ではなかった。逆に——

そのステッキを犬が見つけて、かえってあやしみ[24]**はしないかという心配が起る。**

だから、野良犬が向こうからやって来ると、鏡花は**あたふたと**[25]ステッキを和服の袖で隠し、**後も見ずに**[26]逃げ出すのだった。

鏡花先生、完全に病気！

だが、さすがに文豪だ。鏡花はこうした恐怖を、その文学の核心思想にまで昇華させているのである。鏡花が残した名言を皆さんに紹介しよう。

恐怖名單的其次是狗。

爲了保護自己不被流浪犬攻擊，鏡花要散步的時候，一定拿著一根很粗的拐杖。但鏡花並非可以用它來嚇唬狗的人。相反地——

他擔心他的拐杖，反而會引起狗的注意而被認定為可疑的人。

所以當流浪犬從前面過來，鏡花就覺得大事不妙，慌張地用和服的袖子藏起手上的拐杖，頭也不回地逃之夭夭。

鏡花老師，您絕對有病！

但眞不愧爲文豪。鏡花將這些恐怖昇華成其文學的核心思想。我向大家介紹鏡花所留下的名言吧！

【生詞】

20. **リスト**　名單。　21. **野良犬**（のらいぬ）　流浪狗。　22. **ステッキ**　拐杖。

23. **脅かす**（おど）　嚇唬、威脅。　24. **あやしむ**　覺得可疑、懷疑。

25. **あたふた（と）**　慌張、慌忙。　26. **後も見ずに**（あと・み）　頭也不回地僕は明らかに世に二つの大なる超自然力のあることを信ずる。これを**強いて**一纏め[27]に命名すると、一を観音力、他を鬼神力とでも呼ぼうか、共に人間はこれに対して到底不可抗力のものである。

鏡花は鬼神力を宇宙に瀰漫する一種の力と考えていた。この力が形を顕したものが、妖怪や雷、病気等なのである。

一方の観音力は、悪の力に対抗する善の力である。幼い時に亡くした美しい母、少年が憧れる優しい姉、またこの世のものでない神秘的な美女……これらは鏡花作品に描かれた、観音力の具体的イメージである。

宇宙の全てを二元化してしまう「鬼神力と観音力」理論。**なんだか**[28]『スターウォーズ』[3]を連想してしまう壮大な世界観である。

それから、これも観音力に含まれるのかどうかはわからないが、鏡花の家は、ある動物の**グッズ**[29]で溢れていた。

我相信，這個世界顯然有兩種巨大的超自然力量。若要勉強將它歸納並取名；一是觀音力，另一個則叫鬼神力，對於此兩種力量，人是完全不可抗拒的。

鏡花認爲鬼神力是彌漫宇宙的一種力量。這股力量顯現的就是妖怪、打雷及疾病等。

另一方面，觀音力是抵抗惡勢力之善的力量。幼少時喪失的美麗母親、少年憧憬的溫柔姐姐、不屬於現世的神秘美女……都是在鏡花作品裡描寫觀音力的具體形象。

將整個宇宙二元化的「鬼神力與觀音力」理論。是讓人不由得聯想《星際大戰》般壯大的世界觀。

最後，雖然不知道觀音力是否包括這件事。鏡花的家充滿了某一種動物的商品。

【生詞】

27. **一纏め**（ひとまとめ）　歸納。　28. **なんだか**　不由得。

29. **グッズ**　英文的「goods」。商品、（偶像、動漫等的）周邊商品。

3 スターウォーズ：中文標題爲《星際大戰》。喬治 · 盧卡斯創造的美國科幻電影。作品裡所描寫的超自然的神秘力量叫「原力（Force）」。

鏡花は大の兎好きとして有名で、家中到るところに、陶器や木彫、紙、水晶、硝子製の、種々様々な兎ちゃんが置かれていた。なんと文鎮や香水の瓶にも兎の図案が付いており、ステッキの飾りまで兎だったという。

正に「**かわいいは正義**[30]」？

泉鏡花——日本文学史上、最も**乙女**[31]の心を持った文豪……だったかもしれない。

【生詞】

30. **かわいいは正義**　「可愛卽正義」這句話原來是日本動慢「草莓棉花糖（苺ましまろ）」的宣傳文案。後來成爲一種流行語。

31. **乙女**　少女、年輕女孩子。

鏡花出了名的喜愛兔子。家裡到處都是用陶瓷、木雕、紙、水晶、玻璃做的各式各樣小兔子。文鎮、香水的瓶子上也有兔子圖案，甚至拐杖的裝飾也是兔子。

這正是「可愛即正義」？

泉鏡花——日本文學史上，擁有少女心的文豪第一名……也許是他吧！

【句型練習】

強いて～　勉強～

①彼はたまに趣味で事件を解決するだけなので、私立探偵とは言えない。強いて言えば、素人探偵だろう。

（他只是偶爾因爲感興趣才破案而已，所以還不算私家偵探，勉強形容他，就是業餘偵探吧！）

②お酒が飲めない人に、強いて飲ませるのは、一種の暴力行爲だ。

（勉強勸不會喝酒的人喝酒，是一種暴力行爲。）

【名言・佳句】

僕は明かに世に二つの大なる超自然力のあることを信ずる。これを強いて一纏めに命名すると、一を観音力、他を鬼神力とでも呼ぼうか、共に人間はこれに対して到底不可抗力のものである。（『おばけずきのいわれ少々と処女作』）

我相信，這個世界顯然有兩種巨大的超自然力量。若要勉強將它歸納並取名；一是觀音力，另一個則叫鬼神力，對於此兩種力量，人是完全不可抗拒的。（《喜歡妖魔鬼怪的緣由一二及處女作》）

根據精神科醫生的分析，泉鏡花是不折不扣的強迫症患者。但若你以爲泉鏡花的日常生活是精神病患者的悲劇，泉下的鏡花老師可能會一邊手裡拿著小兔子玩具一邊歪著頭問道：「我是那麼可憐嗎？」

因爲他害怕鬼神力的同時，也相信觀音力。所以他的心裡得到平衡。泉鏡花夫人原來是藝妓，不但長得很美，也很賢慧。在像水上滝太郎那樣的鐵粉支持之下，他創作了完全忽視時代潮流的獨特文學。寫得累了，就品嘗夫人用特別的秘方泡的茶，也可以舒舒服服地躺在二樓的躺椅上看書、睡午覺。因爲有恐怖邪惡的存在，和平日常更加幸福可貴。我相信其實鏡花過的是幸福的一生……對吧！小兔子？

僕は明かに世に二つの大なる超自然力のあることを信ずる。これを強いて一纏めに命名すると、一を観音力、他を鬼神力とでも呼ぼうか、共に人間はこれに対して到底不可抗力のものである。

『おばけずきのいわれ少々と処女作』

文化勲章受賞、日本芸術院会員…でも、どけち!!

永井荷風

獲得文化動章、日本藝術院會員…但，
是超級吝嗇鬼！！——永井荷風

怪人類型：【吝嗇鬼】★★★★★　【孤寡怪僻】★★★★★

永井荷風：（1879 年～ 1959 年）明治時期非常少見的以私費留學生身份赴美國、法國的人。回國後，受森鷗外的推薦擔任慶應義塾大學教授。晚年，獲得文化動章，成爲藝術院會員。代表作有《美利堅物語（あめりか物語）》、《濹東綺譚》等。

🎧 06

永井荷風と言えば、先ず『濹東綺譚』が思い浮かぶ。老作家大江匡と玉の井[1]の**私娼窟**[1]の若い女性お雪——二人の淡い愛の物語が、夏から秋までの季節の中に美しくも哀しく展開してゆく。この小説は荷風の代表作であるだけでなく、日本近代文学の名作の一つだ。

ただ、作品が読者に与える高雅な印象と、現実の作者の間にはかなりの落差がある。

荷風は、自宅に「偏奇館」という名を付けていたが、確かに彼は奇人だった。例えば、人間を描くのが仕事である小説家なのに、大変な人間嫌いだった。

松下英麿の『永井荷風』に、こんなエピソードがある。中央公論社[2]編集者の松下が、初めて偏奇館を訪ねた時のことだ。**手拭い**[2]を被り、**はたき**[3]を手に持った変なおじさんが中から出てきた。松下はこの家の**使用人**[4]だと思って、

「永井荷風先生はご在宅ですか」

と聞いた。すると、

「先生は外出しました」

相手は答える。そこで、松下は**やむなく**[5]帰った。後で、この変なおじさんが永井荷風本人だったと知って、びっくりしたと言う。

說到永井荷風，第一個聯想到的就是《濹東綺譚》。老作家大江匡與私娼街玉之井的年輕女生阿雪——兩人淡淡的愛情故事，自夏天至秋天的季節裡，既優美又悲哀地展開。這篇小說不僅是荷風的代表作，也是日本近代文學中的經典名作之一。

但作品給讀者的高雅印象跟現實的作者之間有著相當大的落差。

荷風稱自己的住宅爲「偏奇館」，他的確是一位奇人。例如，雖然他身爲小說家，描寫人是他的工作，但他卻很討厭人類。

松下英麿的《永井荷風》裡介紹一個軼事如下。中央公論社的編輯松下，第一次來訪偏奇館時，一位把布巾當作髮帶，一手拿撣子的怪叔叔從裡面走了出來。松下以爲他是個傭人，問道：「永井老師在家嗎？」

那個人回答說：「老師外出了」。所以松下只好回去了。後來才知道原來這位怪叔叔竟是荷風本人，松下嚇了一大跳。

【生詞】

1. **私娼窟**（ししょうくつ） 私娼街。　2. **手拭い**（てぬぐい） 日式布巾。　3. **はたき** 撣子。
4. **使用人**（しようにん） 傭人。　5. **やむなく** 只好、無可奈何。

1 位於東京都墨田區東向島的私娼街。

2 1914 年，「反省社」改爲「中央公論社」。出版月刊雜誌《中央公論》。松下英麿訪問荷風的當時，《中央公論》是一流的文學雜誌。

作家にとって、編集者と良好な関係を築くのは大事なことだ。それなのに、荷風はなぜこんな対応をしてしまうのか？一体何を考えているのかわからないが、とにかく大変**扱いにくい**[6]人物だったことは確かである。

それから、超**どけち**[7]だった。

東京大空襲[3]で偏奇館が焼失したので、荷風は 1947 年 1 月 7 日から 1948 年 12 月 28 日まで、千葉県市川市にあった小西茂也[4]の家に**間借り**[8]していた。小西の回想録『同居人荷風』に描かれた荷風がすごい！

八月廿九日。**縁側**[9]の下の先生の**配給**[10]馬鈴薯、猫か犬が食うかしていやに減ったと先生いう。女房曰く「**こおろぎ**[11]」が食うのでしょう。**一貫目**[12]足らずの腐れ馬鈴薯、**誰か**盗むもの**あらんや**[13]。

3 東京大轟炸。1945 年 3 月 10 日，美軍對東京執行的大規模戰略轟炸。造成了大約 10 萬人死亡，100 萬人受災。

4 小西茂也：（1909 年～ 1955 年）法國文學研究者、翻譯家。

對作家而言，與編輯建立良好的關係很重要。然而，荷風爲什麼如此對待他們呢？雖然不知道他到底在想什麼，但無論如何，他是個非常難搞的人物是無庸置疑的。

另外，他超級吝嗇。

偏奇館因東京大空襲而燒毀，荷風從 1947 年 1 月 7 日至 1948 年 12 月 28 日，寄宿在位於千葉縣市川市的小西茂也的家中。小西的回想錄《同居人荷風》裡所描寫的荷風實在很誇張！

八月二十九日。（荷風）老師說，藏在房屋木製平台下的配給馬鈴薯，不知是否被貓狗偷吃，減少得太快了。妻子說，可能被「蟋蟀」吃掉了吧。僅僅不足四公斤的腐爛馬鈴薯，誰要偷呀！

【生詞】

6. **扱いにくい**（あつか）　難搞。

7. **どけち**　超級吝嗇。「けち」指吝嗇，「ど」的作用是強調後面的名詞。

8. **間借り**（まがり）　租別人家的房間。

9. **縁側**（えんがわ）　日式房屋一樓落地門窗外的木製平台。

10. **配給**（はいきゅう）　由國家核發配給食糧、生活用品等的制度。在日本，第二次世界大戰時施行。

11. **こおろぎ**　蟋蟀。　12. **一貫目**（いっかんめ）　3.75 公斤。

13. **誰か～あらんや**（たれ）　「そういう人がいるだろうか（いや、いない）」意思的文言文說法。「誰」一詞，現代日語唸「だれ」，但文言文唸「たれ」

猫や犬が馬鈴薯を食べるわけがない。つまり、荷風は小西家の人が自分の馬鈴薯を盗んでいるのではないかと疑っていたのだ。小西夫人が「こおろぎが食べるのでしょう」と答えたのは、もちろん荷風に対する皮肉である。茂也が「こんな腐れ馬鈴薯を誰が盗むか！」と、怒りの言葉を書いているのも当然だ。

その翌日の八月三十日はもっとすごい。荷風の部屋があまりに汚いので、**見かね**[14]た小西夫人が掃除をしてあげた。すると、顔を洗っていた荷風があわてて部屋に戻り、まっすぐ金をしまってある所へ行った。そして、わざと夫人の前で金額を確認したのだ。

荷風先生、自分に部屋を貸してくれただけでなく、好意で掃除までしてくれる人を、なんと泥棒扱い！

この時、小西夫人はどんな顔をしたのだろうか。

荷風と二年間も同居できた小西家の人は、EQが高かったと言えよう。

貓狗怎麼可能吃馬鈴薯？也就是說，荷風懷疑是不是小西家的人偷了他的馬鈴薯。小西夫人回答說「可能被蟋蟀吃掉了吧」，當然是對荷風的諷刺。茂也忿怒地寫「這種腐爛馬鈴薯，誰要偷呀！」，也是理所當然的。

隔天八月三十日的記述更誇張。因爲荷風的房間太雜亂，看不下去的小西夫人幫他打掃。正在洗臉的荷風匆忙地回到房間，直接到錢放的地方，還故意在夫人的面前確認其金額。

荷風老師居然將除了讓他寄宿以外，好意幫忙打掃的人視爲小偷！

此時，小西夫人是什麼樣的表情呢？

能夠與荷風同居兩年，小西夫妻算是 EQ 很高吧！

【生詞】

14. **見かねる**（み）　看不下去。

小西家を出た（**追い出さ**[15]れた？）荷風は、同じく市川市に古家を買って移り住んだ。荷風は浅草ロック座[5]が好きで、市川から毎晩のように出かけて行く。そして、ショーの後、何人かの**踊り子**[16]を**夜食**[17]に誘うのだが、荷風がおごるのは、いつも**せいぜい**[18]**お汁粉**[19]くらいで、高いものは絶対におごらなかった。しかも、浅草から電車で市川まで帰ってくると、荷風は先ずプラットフォームにある便所の中に隠れる。そして、全ての乗客がプラットフォームから出て、**検札係**[20]もいなくなると、便所から飛び出してきて、風のように**改札**[21]を通ってしまう。つまり、**無賃乗車**[22]だ。本人はばれていないつもりでも、実は近所の人は皆知っており、呆れていたと言う。駅員もとっくに気づいていたのだが、相手が有名作家ということで、**見て見ぬふりをし**ていたらしい。

荷風は1952年に文化勲章[6]を受章し、1954年には日本芸術院会員[7]に選ばれる。日本の文化人として最高の栄誉だが、荷風の生活態度は全く変わらなかった。松下英麿の『永井荷風』には、文化勲章受賞時、荷風が記者のインタビューに答えた名言が紹介されている。

離開小西家（或被趕走？）的荷風，買了一棟同樣位於市川市的老舊房子並搬家。荷風喜歡淺草六區座，幾乎每天晚上從市川到淺草去，看完表演後，也邀請幾個舞孃吃宵夜。但荷風請客的頂多是紅豆湯之類，貴的東西絕對不請。而且從淺草坐電車回到市川，荷風下車後，先躲在月台的廁所裡。然後等到全部的乘客從月台上走出去，趁剪票員離開位子上，荷風從廁所裡衝出去，宛如一陣風般通過剪票口。也就是無票乘車。本人以爲沒有被發現，事實上附近的居民都知道，也看得目瞪口呆。車站的人也早就發現，但對方是著名作家，大家睜一隻眼閉一隻眼罷了。

荷風於 1952 年獲得了文化勳章，於 1954 年被選爲日本藝術院會員。這些都是身爲日本文化人的最高榮譽。但他的生活態度完全沒有改變。松下英麿的《永井荷風》提到，荷風獲得文化勳章時接受記者採訪所回答的一句名言。

【生詞】

15. **追い出す**（おいだす） 趕走。　16. **踊り子**（おどりこ） 舞孃。　17. **夜食**（やしょく） 宵夜。

18. **せいぜい** 頂多、最多。　19. **お汁粉**（おしるこ） 紅豆湯。　20. **検札係**（けんさつがかり） 剪票員。

21. **改札**（かいさつ） 剪票口。　22. **無賃乗車**（むちんじょうしゃ） 無票乘車。

5 1947 年設立，位於淺草公園六區（通稱爲「六區（ろっく）」）的脫衣舞劇場。六區是當時日本最大的歡樂街。

6 日本國家授與在學術與藝術方面表現卓越，對於文化發展有特殊貢獻者之動章。每年於 11 月 3 日（文化日）舉行授與典禮。

7 日本藝術院是日本文部科學省管轄的特別機構。一般認爲，被選爲藝術院會員是身爲日本藝術家的最高榮譽。

「**勲章**はいらないが、**年金**[23]がついているので……」

ここまで読んだ読者は、荷風がいつもお金の問題で困っていたと思うだろう。晩年の荷風はどこへ行くにも**ボストンバック**[24]を持っていたが、1959年、自宅で孤独死しているのを発見された時、そのボストンバックには、銀行の**預金通帳**[25]と**株券**[26]が入っていた。預金額約2300万円、株券約250万円。現在の金額に直すと、総額なんと約1億4600万円[8]！実は荷風は富豪だったのだ。

それなのに、なぜ……？？

文化勲章受賞者、芸術院会員。日本を代表する文化人、芸術家であると同時に、日本文学史上最大の**守銭奴**[27]。

——永井荷風、正に奇人である。

【生詞】

23. **年金**　是指「文化功勞者年金」。免繳納所得稅的終身年金。荷風領取的年金金額是一年50萬日元。目前的規定則是一年350萬日元。

24. **ボストンバック**　（旅行用的）手提包。　25. **預金通帳**　存款存摺。

26. **株券**　股票。

27. **守銭奴**　守財奴。

8　參考日本銀行HP的換算方法。

「雖然我不想要什麼動章，但因為有年金，所以……」

看到這裡，讀者應該會以爲荷風總是因爲金錢的問題感到困擾。晚年的荷風去哪都隨身帶一個手提包。1959 年，荷風被發現在家中孤獨死去的時候，他的手提包裡有銀行存摺及股票。戶頭裡的存款金額大約 2300 萬日元，股票大約 250 萬日元。換算成現在的金額，竟然總額爲 1 億 4600 萬日元左右！事實上，荷風是一位富翁。

既然如此，爲什麼……？？

文化動章得獎者、藝術院會員。是日本代表性文化人、藝術家，同時也是日本文學史上最大的守財奴。

——永井荷風，正是一位奇人。

【句型練習】

見て見ぬふりをする　睜一隻眼閉一隻眼、假裝沒看到

①金田は売り上げトップの営業マンなので、態度が少し傲慢でも、上司は見て見ぬふりをしている。

（金田是業績 No.1 的業務人員，即便他的態度有點傲慢，上司也會睜一隻眼閉一隻眼。）

②いじめに遭っている生徒がいたら、教師として絶対に見て見ぬふりはできない。

（若有被霸凌的學生，身爲老師絕對不能假裝沒看到。）

【名言 · 佳句】

勲章はいらないが、年金がついているので……

（松下英麿『永井荷風』）

雖然我不要什麼勳章，但因爲有年金，所以……（松下英麿《永井荷風》）

戶田一康 如是說

至少表面上，文化勳章的重要性在於其名譽上而不在金錢上。就算得獎者在心裡想年金比較重要，也不會說出來。接受媒體採訪時，荷風說的這句話，除了令人感到驚訝之外，更嚴重地否定文化勳章的權威。但看永井荷風的生平，他的確一貫否定所有權威。從歐美留學回來後，受森鷗外的推薦擔任慶應義塾大學教授，這是被衆人羨慕的華麗經歷。但只做 6 年的教授，毫不留戀地離職。當職業作家以後，拒絕文壇來往，不愛社交。荷風喜歡女生，但他欣賞的不是有氣質、有教養的千金小姐，而是從事猥褻低俗的工作，卻保持純樸天眞個性的舞孃們。他明明是位富翁，卻裝著一副貧窮老人的模樣。明治時期以後，日本社會一直追求名利及效率，相對的荷風透過作品描寫的卻是就像《濹東綺譚》般，近代日本人所遺忘的昔日之美。奇人荷風，他的生涯或許是對於近代日本最辛辣的批評也說不定。

勲章はいらないが、年金がついているので……

松下英麿『永井荷風』

繊細な天才歌人、実は図々しい借金大王!!

石川啄木

細膩的天才歌人，其實是厚臉無恥的借錢大王！！
——石川啄木

怪人類型：【嬌生慣養】★★★★★　【厚顏無恥】★★★★

石川啄木：（1886 年～ 1912 年）英年早逝的天才和歌詩人。享年 26 歲。生前籍籍無名，死後名滿天下。代表作有《可悲的玩具（悲しき玩具）》和《一握之砂（一握の砂》等。

07

石川啄木。この名前は、後世の人に**ロマンチック**[1]な印象を与える。年僅か二十六歳で逝った天才**歌人**[2]。繊細で抒情的な作風。母性本能を刺激するような**童顔**[3]。生前無名だった悲劇的生涯。

ただ、作品に感動した人が、作者の**本当の姿**[4]を知ると、「お前のために流した涙を返せ！」と言いたくなるかもしれない。

啄木は**一人息子**[5]だっただけでなく、小さい頃は学業優秀で神童と呼ばれ、容貌もかわいらしかった。両親——特に母親は啄木を溺愛し、**甘やかし**[6]た。

啄木の実妹・三浦光子[1]が書いた『悲しき兄啄木』は、こんなエピソードを紹介している。

子供時代の啄木は**ゆべし饅頭**[7]が大好きで、たとえ夜中でも、食べたくなれば大騒ぎするので、家族全員が起こされてしまう。もし妹が同じことをしたら、とっくに殴られているのだが、啄木は叱られず、母親が本当に夜中にゆべし饅頭を作っていたのだ。

石川啄木。這個名字給後世的人一種浪漫的印象。年僅二十六歲就逝去的天才和歌詩人。既細膩又抒情的作品風格。感覺刺激母性本能的娃娃臉。生前籍籍無名的悲劇性生涯。

但被作品感動的人，若知道作者的眞面目，可能很想跟他說：「把我爲你流下的淚水還給我！」

啄木不只是家中唯一的兒子，小時候因爲學業優秀被稱爲神童，長得又可愛。父母——尤其是母親溺愛啄木，並寵壞他。

啄木的親妹妹 · 三浦光子寫的《可悲的哥哥啄木》，介紹一個軼事如下。

孩提時的啄木，愛吃核桃柚餅子，就算三更半夜，想吃就會開始大鬧。最後吵醒全家。若妹妹做一樣的事，應該早就被打了。但啄木不但不會被罵，母親眞的半夜做核桃柚餅子給他吃！

【生詞】

1. **ロマンチック**　英文的「romantic」。浪漫。
2. **歌人**（かじん）　和歌詩人。和歌是總共三十一個字的日本傳統定型詩。
3. **童顔**（どうがん）　娃娃臉。　4. **本当の姿**（ほんとうのすがた）　眞面目。
5. **一人息子**（ひとりむすこ）　家裡唯一的兒子。　6. **甘やかす**（あま）　寵壞。
7. **ゆべし饅頭**（まんじゅう）　核桃柚餅子。使用柚子或核桃製作的和菓子。啄木生長的日本東北地區，比較偏向使用核桃。

1 三浦光子：（1888 年～ 1968 年）石川啄木的親妹妹。基督教傳教士。與牧師三浦清一結婚後，姓三浦。著作有《可悲的哥哥啄木》。

こんな特別待遇を享受しながら、啄木は母親の動作が遅いことが不満で、ある時など、母親がやっとできたゆべし饅頭を持って行くと、啄木は「遅すぎて、もう食べたくなくなった」と言い、なんとゆべし饅頭を母親に**ぶつけ**[8]たと言う。

啄木、甘やかされすぎて、もはや**救いようのない**[9]ところまできてしまっていた。

大人になってからも、啄木の**わがまま**[10]で、自己中心的な性格は変わらず、結婚しても家庭に生活費を入れず、酒や**女郎買い**[11]など、自分の楽しみのためだけに**散財し**[12]、金がなくなれば、**あの手この手**[13]で友人に借金した。最大の被害者は、啄木より四歳年上だった同郷の先輩・金田一京助[2]である。

京助の『啄木余響』を読むと、二人の関係がよくわかる。

已享受如此特別待遇，啄木仍對母親的動作慢感到不滿。有一次，母親將好不容易做好的核桃柚餅子端過去，啄木卻說：「因爲妳太慢，我已經不想吃了！」，居然把核桃柚餅子砸到母親身上。

啄木，已經被溺愛寵壞到了無可救藥的地步。

長大以後，啄木的任性、以自我爲中心的個性並沒有改變。結了婚，也不付家庭生活費，就像喝酒、玩妓女等，只爲了自己的樂趣而花錢。沒有錢，想盡辦法跟朋友借錢。其中最大的被害人是比啄木大四歲的同鄉學長 · 金田一京助。

看京助的《啄木餘響》，就知道兩個人的關係如何。

【生詞】

8. **ぶつける**　砸到。

9. **救（すく）いようのない**　無可救藥。

10. **わがまま**　任性。

11. **女郎買（じょろうが）い**　玩妓女。

12. **散財（さんざい）する**　（不必要或浪費的）花費、花錢。

13. **あの手（て）この手（て）**　想盡辦法、用各式各樣的辦法。

2 金田一京助：（1882 年～ 1971 年）日本語言學的泰斗。尤其以日本原住民愛奴的語言及文學的研究爲名。

1908年（明治41年）、二十六歳の京助と二十二歳の啄木は、同じ赤心館という**下宿**[14]に住んでいた。京助は当時中学校教師だったが、啄木は定収入がなく、**家賃**[15]が払えない。ある月、京助は一ヶ月の給料の大部分を使って、啄木が**滞納**[16]していた家賃を払ったが、自分の家賃十円が払えなくなってしまった。そこで**大家**[17]に少し待ってくれと頼んだが、断られた。怒った京助は、翌日、古本屋を呼んで自分の蔵書を全て売り払い、家賃を払った。

京助は引越すことに決め、啄木に相談しようとしたが、どこで遊んでいるのか、その日啄木は帰ってこなかった。翌朝啄木の部屋へ行ってみると、今度は**ぐうぐう**[18]寝ている。京助は仕方なく、一人で新しい下宿を探しに行った。幸い、いい下宿が見つかったので、喜んで帰ると、啄木はなんとまだ寝ていた。

「石川さん、さあ引越だ、引越だ！」というや、**むっくり**[19]起き上った石川君は、何と思ったか、

「僕も**連れてって**[20]、僕も連れてって！」

と、**手を揉ん**[21]で**拝むまねをした**[22]。私は、

1908 年（明治 41 年），二十六歲的京助與二十二歲的啄木一起住在名爲赤心館的公寓。京助當時是國中老師，相對的啄木並沒有固定收入，付不起房租。某月，京助用幾乎自己一個月份的薪水，付淸啄木未繳的房租，但已經沒有餘額再付自己的房租十圓日幣。於是拜託房東不足的錢能不能再寬限幾天，結果被房東拒絕。生氣的京助，隔天叫古書店的老闆來，把自己的藏書統統賣掉，付了房租。

京助決定搬家，想跟啄木商量。那天，不知啄木在哪裡玩，都沒有回來。隔天早上去啄木的房間一看，這次他呼呼大睡。京助只好一個人去尋找新的公寓。幸好找到適合的公寓，高高興興回來後竟發現，啄木還在睡覺。

「石川先生，要搬家，要搬家喔！」聽我這麼說的啄木忽地起身，不知他以為我要做什麼，

「求求你帶我去，帶我一起去！」他一邊說一邊兩手互搓做出拜託我的手勢。

【生詞】

14. **下宿**（げしゅく）　類似公寓（アパート）。但「下宿」跟「アパート」的差別在於前者的房東一家人也同住在一個屋簷下，並提供三餐給房客。感覺比較像寄宿在別人家。

15. **家賃**（やちん）　房租。　16. **滞納**（たいのう）　未繳。　17. **大家**（おおや）　房東。

18. **ぐうぐう**　形容呼呼大睡的樣子。　19. **むっくり**　忽地。

20. **連れてって**（つ）　請帶我走。「連れて行って」的省略說法。

21. **手を揉む**（て、も）　兩手互搓。　22. **～まねをした**　做～的樣子。

「勿論ですよ！早くお起きなさいよ。素敵な下宿なの」

京助の声を聞いてすぐ起きたのは、啄木が家賃の問題から逃げるために**狸寝入り**[23]していたことを示している。しかも、自分が見捨てられると思い、慌てて「僕も連れてって、僕も連れてって！」と言うところなど、既に二十二歳の大人**とはとても思えない**。典型的な**クズ男**[24]である。

このクズ男に「勿論ですよ！早くお起きなさいよ。素敵な下宿なの」と言う京助は、少しやさしすぎないだろうか。この二人の友情には、BL[25]の雰囲気さえ漂うような気がする。

翌年、京助は林静江と結婚して、新しい家庭を持った。ところが、啄木が度々彼らのところに金を借りにきて、新婚生活の**邪魔をする**[26]。家に現金がないと、やさしすぎる京助はなんと、静江の着物まで質に入れて、啄木に貸してしまう。静江にとって、啄木は悪魔のような男だった。

啄木はローマ字で日記を書く習慣があったが、1908年（明治41年）4月12日の記述の中に、こんな名言がある。

「當然囉！你趕快起床吧！是很棒的房間喔！」我說。

一聽到京助的聲音就立刻起床。這代表啄木是爲了逃避房租的問題而裝睡。而且他還以爲自己被遺棄，急忙說：「求求你帶我去，帶我一起去！」。怎麼看都不像已經二十二歲的大人。是典型的渣男。

對這個渣男說「當然囉！你趕快起床吧！是很棒的房間喔！」的京助，是否太過溫柔？這二人之間的友情，甚至散發出一種 BL 的氣氛。

隔年京助與林靜江結婚後搬家，建立了新家庭，但啄木常常打擾他們借錢。家裡沒有現金的時侯，過度溫柔的京助居然拿靜江的和服去典當來借錢給啄木。對靜江而言，啄木就像是惡魔般的男人。

啄木有用羅馬字寫日記的習慣，1908 年（明治 41 年）4 月 12 日的記述中有一句名言如下。

【生詞】

23. **狸寝入り**（たぬきねいり）　假裝睡覺。　24. **クズ男**（おとこ）　渣男。

25.BL　「Boys Love」的略稱。　26. **邪魔をする**（じゃま）　打擾。

ひとりの人と友人になる時は、その人といつか必ず絶交する事あるを**忘るるな**[27]。（『ローマ字日記』）

これだけ周りに迷惑をかけていれば、友人から絶交されるのも当たり前だろうが、京助は啄木を最後まで**見捨て**[28]ず、二人の友情は、啄木が死ぬまで続いた。ただ、静江は息子の春彦[3]に繰り返し啄木の悪口を言ったので、幼い頃の春彦は啄木を泥棒のような悪人だと思っていたらしい。

【生詞】

27. **忘るるな**　「忘れるな」的文言文說法。

28. **見捨てる**　拋棄、遺棄。

3　金田一春彥：（1913年～2004年）金田一京助的長男。同樣也是日本代表性語言學學者之一。尤其以日本語音韻史的研究爲名。

跟一個人交朋友的時候，記得總有一天一定會跟那個人絶交。（《羅馬字日記》）

給周圍的人如此添麻煩，被朋友絶交也是理所當然的事。然而京助終究沒有拋棄啄木，兩個人的友情延續到啄木過世爲止。但因爲靜江不斷重複跟兒子春彥說啄木壞話的緣故，據說幼兒時的春彥以爲啄木是個像小偷之類的壞人。

【句型練習】

～とはとても思えない　怎麼看都不像～。

① ふだんの彼女は眼鏡をかけた、じみな女の子で、アイドル歌手とはとても思えない。

（平常的她是個戴眼鏡、感覺純樸的女孩子，怎麼看都不像偶像歌手。）

② 古谷君の結婚に対する考え方は非常に保守的で、現代の若者とはとても思えない。

（古谷君對結婚的想法非常保守，怎麼看都不像現代的年輕人。）

【名言・佳句】

ひとりの人と友人になる時は、その人といつか必ず絶交する事あるを忘るるな。

（『ローマ字日記』）

跟一個人交朋友的時候，記得總有一天一定會跟那個人絕交。（《羅馬字日記》）

戸田一康如是說

有趣的是啄木的這句話，常常被介紹在就像「日本偉人的名言」那種網站上。不知道背景只看這句話，你可能以爲意涵深遠，教導我們人生的大道理。但不能忽略的是這句話出現在啄木的《羅馬字日記》裡。爲什麼叫《羅馬字日記》呢？是因爲啄木把玩妓女的經驗十分詳細地記錄在日記上，深怕被妻子偷看，所以才用羅馬字寫日記。透過日記浮現的啄木形象，與「偉人」恰恰相反。像啄木那樣的人被別人絕交也只能怪自己。——以上便是我不太相信網路上所謂「偉人名言、語錄」的理由。相信金田一夫人靜江，應該能夠完全認同我吧！

ひとりの人と友人になる時は、その人といつか必ず絶交する事あるを忘るるな。

『ローマ字日記』

名為「明治」時代之 ~~怪大~~偉人們

江戶時代末期是日本歷史上數一數二的動盪時代。這個時期，和平時被埋沒的人才卻得到矚目，在歷史的舞台上扮演了重要角色。出身於豐前國中津藩的下級武士**福澤諭吉**也是其中一個。諭吉被提拔的最大理由在於他是位「蘭學」學者之故。蘭學是指荷蘭文及透過荷蘭文吸收之西洋知識、技術等學問。他曾經是大阪蘭學私塾「適塾」的塾長。在江戶時代，基本上「士農工商」的身分是固定的。而且「士」——武士階層裡面也存在著複雜的「門閥制度」。但「適塾」裡瀰漫著純粹追究學問、不拘門閥的氣氛。諭吉跟手塚良庵的惡作劇事件也是在如此自由的風氣裡才發生的。

明治政府最緊要的問題是如何吸收西洋國家的先進學問、文化及制度。在資訊沒有現代那麼發達的時代，政府只能直接派人到國外去學習。因此，明治初期的公費留學生算是國家級的菁英。**森鷗外**也是，**夏目漱石**亦是。

因爲明治政府廢除身分制度，人民只要有能力就可以出人頭地。森鷗外是約有 250 年歷史的醫生世家長子，他要背負的家族期待非同小可。身爲軍醫的鷗外死都不承認自己對於腳氣病問題的錯誤，頑固程度甚至令人感到不可思議，但這也許跟他一定要光耀門楣的使命有關聯。

從英國留學回來的夏目漱石，擔任東京帝國大學英文系講師。原本東京帝國大學的教授大部分都是西洋人。漱石算是國家培養出來的最早期本國籍教師之一。因此，漱石向東京帝國大學提出辭呈並成爲專業作家時，引起了很大的話題。當時，一般認爲小說家的社會地位不高，但漱石卻在新時代的文學裡找出無限可能性及價值。

明治 30 年代的日本文壇，受到了法國自然主義的影響，自 1906 年至 1910 年，自然主義文學成爲文壇的主流。後來，日本自然主義往「私小說」——揭露作者本身的醜陋一面之「自白」式作品的方向發展。**岩野泡鳴**是在如此文學潮流中出現的作家。泡鳴完全沒有將自己美化的寫作風格，像開螃蟹罐頭工場那樣的事業野心，的確呈現出一種「時代特色」。

明治政府推動的西化政策，在日本社會及人民生活上，帶來了急劇變化。而在文學上對西方科學萬能的風潮產生了反彈，**泉鏡花**之所以獲得了像水上滝太郎那樣新世代年輕人的狂粉，是因爲江戶時期怪談氣氛濃厚的鏡花作品擁有著明治社會即將喪失的復古優美之魅力。

大約從明治 30 年代開始，富裕階層讓自己的子弟在歐美留學，**永井荷風**也是這樣的私費留學生之一。他在私立慶應義塾大學當六年的教授後離職，不愛社交、否定所有權威，還與脫衣舞劇場舞孃們整天混在一起，故被稱爲奇人。但荷風的人生及作品對於速成、浮誇的近代國家日本，有著最辛辣的批評。

明治時期，很多有爲青年立志離開家鄉赴東京，爲了自己的夢想而奮鬥。因此「友情」成爲生命中的重要因素，甚至取代傳統的家人關係。**石川啄木**與金田一京助的關係也是與名爲「明治」的時代有著密切的關係。

PART・2

大正篇

原來這個時期的文豪都很風流！

耽美派なのに食い意地が汚くて、
パニック障害?!、

谷崎潤一郎

雖然是耽美派，但總是饞涎欲垂又患有恐慌症？！
——谷崎潤一郎

怪人類型：【饞涎欲垂】★★★★★　【裝備齊全】★★★★★

谷崎潤一郎：（1886 年～ 1965 年）與永井荷風一起被歸類爲「耽美派」的文豪。吃美食、住豪宅、娶美人，一般認爲是日本近代文學作家中數一數二的人生勝利組。但眞面目其實跟「耽美派」的高雅形象有著落差。代表作有《刺青》、《春琴抄》、《細雪》等。

08

谷崎潤一郎。日本近代文学の中で、最も「豪華」という言葉が似合う文豪である。豪邸に住み、美食を楽しみ、大阪の上流階級出身の理想的な女性を娶った。愛妻とその姉妹を**モデル**[1]に書いたのが、名作『細雪』である。

瀬戸内寂聴[1]によると、谷崎家は**女中**[2]まで美人だった。寂聴は一度、潤一郎にお弁当を**ごちそうし**[3]てもらったことがある。そのお弁当を見て、寂聴は「飛び上るほど驚いた」。それは吉兆[2]の超高級弁当で、彼女は「文豪はお弁当でもこんな高級なものを食べているのか」と思ったそうだ。

潤一郎は、生涯の引越し回数が、なんと四十回以上だ！引越し自体に金がかかるだけでなく、建築費、**改装**[4]費など、莫大な費用を使ったことになる。しかも、既に改装が終わったのに、結局**気に入ら**[5]ないで住むのを止めたことさえある。

潤一郎は、**装備万全**[6]でないと書けない作家だった。『源氏物語[3]』を現代語訳した時には、書斎を「平安時代の貴族の部屋」のように改装した。

谷崎潤一郎。日本近代文學中，最適合以「豪華」一詞來形容的文豪。住豪宅、享受美食，娶了大阪上流階層出身的理想女生。他將愛妻及她姊妹當作原型人物撰寫的就是名作《細雪》。

根據瀨戶內寂聽說的話，谷崎家庭中，連女傭人都長得很漂亮。有一次潤一郎請寂聽吃便當，寂聽看了便當「嚇到差點跳起來」。那是吉兆的超高級便當，她心想「文豪，連便當都吃這麼高級的……」

潤一郎，生平的搬家次數，居然超過四十次以上！不只是搬家本身很花錢以外，還要建築費、裝潢費等，總是花上龐大費用。甚至還有雖然已經改裝完成，卻因結果不滿意，決定不住的例子。

潤一郎是裝備齊全才能寫作的作家。他將《源氏物語》翻成白話文的時候，竟將書房改裝爲如同「平安時期貴族的房間」。

【生詞】

1. **モデル**　英文的「model」。（小說、繪畫等的）原型人物。
2. **女中**（じょちゅう）　女傭人。現在的說法是「家政婦（かせいふ）」。
3. **ごちそうする**　請客。　4. **改装**（かいそう）　裝潢。　5. **気に入る**（きにいる）　中意、喜歡。
6. **装備万全**（そうびばんぜん）　裝備齊全。

1 瀨戶內寂聽（晴美）：（1922 年至今）小說家、天台宗的尼姑。俗名爲晴美。代表作有《問花（花に問え）》（第 28 屆谷崎潤一郎獎得獎作品）。

2 1930 年，大阪府大阪市創立的高級日本料理店。

3 平安時代中期（大約西元 1000 年左右）的日本古典文學。共 54 卷。也有「世界最早期的長篇小說」之稱。谷崎潤一郎第一次將《源氏物語》翻成白話文是在 1939 年至 1941 年間。結果，谷崎並不是很滿意。於是做了第二次翻譯，期間爲 1951 年至 1954 年。但谷崎還是不滿意，第三次翻譯爲 1964 年至 1965 年間。第三次版本成爲完整版。它被稱爲「谷崎源氏」。村上春樹的《海邊的卡夫卡（海辺のカフカ）》裡，主角的少年看的也是「谷崎源氏」。

若い時は西洋崇拝者で、住居、服装、飲食習慣など全て西洋式だったが、四十歳以降、日本の美に**引かれる**[7]ようになると、突然一切が純日本式に変わり、原稿まで**和紙**[8]に毛筆で書くようになった。精神科医の分析によると、こうした極端なやり方には、強迫神経症の傾向が見られると言う。

強迫神経症だけでなく、潤一郎は若い時、**パニック障害**[9]に罹り、**汽車**[10]に乗れなかった時期がある。短篇小説『悪魔』の中の次のような記述は、谷崎自身の症状を描いたものだと考えられている。

「あッ、もう**堪らん**[11]。死ぬ、死ぬ」

こう叫びながら、野を越え山を越えて走って行く車室の窓枠に**しがみ着く**[12]こともあった。（中略）そうして次の下車駅へ来れば、真っ青な顔をして、**命からがら**[13]汽車を飛び下り、プラットホームから**一目散**[14]に戸外へ駆け出して、始めてほっと[15]**我れに復っ**[16]た。

他年輕時，是位西洋崇拜者；住宅、服裝及飲食習慣等，全都是西洋式。四十歲以後，被日本傳統之美吸引，突然一切都變得純和式，連稿子都是用毛筆寫在和紙上。根據精神科醫生的分析，從這樣很極端的做法看得出來有強迫症的傾向。

除了強迫症之外，潤一郎年輕時，曾罹患恐慌症，有一段時期不能坐火車。例如，短篇小說《惡魔》中的以下敍述，被認爲描寫了谷崎本身的症狀。

「啊！我已經受不了了。會死，我會死」

這麼吶喊著，他用力抓住翻山越嶺的火車車窗的框。（中略）到了下一站，他臉色蒼白，宛如僅以身免似的從火車上衝出去，一溜煙地往外跑，離開車站才鬆了一口氣，感覺清醒過來。

【生詞】

7. **引かれる**　被吸引。　8. **和紙**　以日本傳統方法製作的紙。

9. **パニック障害**　恐慌症。　10. **汽車**　火車。

11. **堪らん**　「堪らない」的「潑音便」。無法忍耐、受不了。

12. **しがみ着く**　用力抓住。　13. **命からがら**　僅以身免。

14. **一目散**　一溜煙。　15. **ほっと**　鬆一口氣。

16. **我れに復る**　清醒過來。

こうした症状よりもっと異常だったのは、**食い意地が汚い**[17]という点だった。

『細雪』の高雅なイメージとはかなり異なり、潤一郎の食べ方は「**むさぼり食う**[18]」式だった。谷崎夫人松子によると、「咀嚼する**というより肉を裂く**[19]という方が**適切**[20]」で、野獣が獲物の肉を食べているようだったと言う。

食い意地**モンスター**[21]谷崎、怖すぎ！

想像しただけで食欲がなくなるレベルである。

潤一郎は**歯並びが悪かっ**[22]たので、物が噛みにくいという理由もあったが、とにかく、すごい食べ方であった。

ある日、潤一郎は泉鏡花や芥川龍之介らと一緒に、鍋を食べに行ったことがある。本書でも既に紹介したように、鏡花は非常に細菌を恐れたので、肉に十分**火が通る**[23]まで**辛抱強く**[24]待っている。ところが、潤一郎はよく煮えたかどうかなど気にせず、**ぱくぱく**[25]食べてしまう。自分の分まで食べられた鏡花が怒って、鍋の中に**境界線を引き**[26]、「この線の内側は私の肉！」と言ったエピソードは有名だ。

比這種症狀還要異常的是他饞涎欲垂這點。

與《細雪》的高雅形象不同，潤一郎的吃法是「狼吞虎嚥」式。根據谷崎夫人松子，「與其說是咀嚼，不如說是猛咬比較恰當」，簡直是野獸吃獵物的樣子。

貪吃怪物谷崎，太可怕了！

光是想像就沒了胃口的程度。

潤一郎的牙齒不整齊，不好咬東西也是個理由，但不管怎樣，其吃相是眞的難看。

有一天，潤一郎跟泉鏡花、芥川龍之介等人一起吃火鍋。如本書已經介紹的那樣，鏡花非常害怕細菌，所以他很有耐心地等待肉徹底煮熟爲止。但潤一郎，都不在乎是否已經煮熟，大口大口地吃掉。連自己的份都被吃掉的鏡花生氣地在鍋裡劃界線，說「這邊是我的肉！」。這是很有名的軼聞趣事。

【生詞】

17. **食い意地が汚い** 貪吃、饞涎欲垂。 18. **むさぼり食う** 狼吞虎嚥。

19. **肉を裂く** 這裡的意思是「猛咬」。 20. **適切** 恰當。

21. **モンスター** 英文的「monster」。怪物。 22. **歯並びが悪い** 牙齒不整齊。

23. **火が通る** 煮熟。 24. **辛抱強い** 很有耐心。

25. **ぱくぱく** 形容大口大口吃的樣子。 26. **境界線を引く** 劃界線。

潤一郎は短篇小説『美食倶楽部』の中で、このような名言を書いている。

恐らく[27]、美食倶楽部の会員たちが美食を好むことは彼等が女色を好むのにも譲らなかったであろう。

潤一郎にとって、食欲と性欲は密接な関係があった。潤一郎は理想の女性松子と結婚する前に、二回離婚している。前に述べたように引越しは四十回以上だ。作品を書くためには万全の装備をし、書斎の改装までした。離婚も引越しも改装も、多くの体力を必要とする。その膨大な**エネルギー**[28]の源泉は、美食だったのだ。

谷崎潤一郎。その一生をかけて「美」を追究した文豪。「耽美派なのに、食い意地が汚かった」のではなく、「耽美派だから、食い意地が汚かった」のかもしれない。

【生詞】

27. **恐らく**　應該、大概、恐怕。

28. **エネルギー**　英文的「energy」。能量。

潤一郎在短篇小說《美食俱樂部》寫下一句名言如下。

美食俱樂部的會員們愛吃美食的程度，大概不輸給他們愛好女色的程度。

對潤一郎而言，食慾與性慾有密切關係。潤一郎在與他理想的女生松子結婚以前，離過兩次婚。如上述，他的搬家次數超過四十次以上。爲了寫作，裝備齊全，甚至改裝了書房。離婚、搬家及裝潢，都需要很多體力。這個龐大能量的來源就是美食。

谷崎潤一郎，是用他一輩子的時間追究「美」的文豪。他或許不是「雖是耽美派，但饞涎欲垂」而是「因爲耽美派，所以饞涎欲垂」也說不定。

【句型練習】

～というより～　與其說～不如說～。

① あの人は演技力(えんぎりょく)がないので、喜劇俳優(きげきはいゆう)というより、お笑い(わらい)芸人(げいにん)だ。

（因爲那個人沒有演技，與其說是喜劇演員，不如說是搞笑藝人。）

② 氷山(こおりやま)さんはよく人(ひと)から誤解(ごかい)されるが、実(じつ)は冷(つめ)たいというより、人(ひと)と接触(せっしょく)するのが怖(こわ)いのだ。

（冰山小姐雖然常常被人誤會，但其實與其說她冷淡，不如說她是怕跟別人接觸。）

【名言 · 佳句】

恐らく、美食倶楽部の会員たちが美食を好むことは彼等が女色を好むのにも譲らなかったであろう。（『美食倶楽部』）

美食俱樂部的會員們愛吃美食的程度，大概不輸給他們愛好女色的程度。（《美食俱樂部》）

人的慾望，看起來各式各樣、很多元。但事實上，可能在根源的地方都結合在一塊。《美食俱樂部》只描寫年輕女生的手指，幾乎沒有出現任何女生，更何況是男女愛情畫面。但這篇作品卻強烈地刺激讀者的官能。透過這個作品，我們好像能窺視到慾望的本質似的。

對人而言，一個人吃飯、跟別人吃飯、跟誰吃飯，都有不同的意義，有時其含意又深又微妙。跟別人一起吃飯，可以將兩個人的關係拉近一點，也可以從此斷絕關係。若知道一個人平常吃什麼、吃相如何，我們能夠想像他的生長背景及現在的生活。「吃飯」這個行爲頗有趣，但也帶著一絲危險的味道。

恐らく、美食倶楽部の会員たちが美食を好むことは彼等が女色を好むのにも譲らなかったであろう。

『美食倶楽部』

書けなくて、なぜか犬の真似をする私小説作家?!

葛西善蔵

寫不出作品，不知爲何學狗狗的私小說作家？！

——葛西善藏

怪人類型：【宅男廢柴】★★★★★　【酒後無德】★★★★★

葛西善藏：（1887 年～ 1928 年）所謂「破滅型私小說作家」的代表性作家。他的人生就以「窮、酒、病」三個字來形容。生涯作品數只有短篇 40 多篇而已。代表作有《攜子（子をつれて）》、《醉狂者的獨白（酔狂者の独白）》等。

09

葛西善蔵四十一年の生涯。その**キーワード**[1]は、「貧困、**酒乱**[2]、病気」である。

善蔵が貧乏だったのは、単に働かなかったからだ。二十一歳、**正業**[3]のない状態で結婚し、結婚しても仕事を探さない。こんな男がなぜ結婚できるのかよくわからないが、若い時の善蔵はなかなかイケメンだったから、相手の両親に、有為の若者だという間違った印象を与えたのかもしれない。

せっかく友達が仕事を紹介してくれても、いつも「**面接**[4]に着ていく服がない」などと言い訳し、結局面接にも行かない。「**働いたら負け**[5]」と考えている現代の**オタク**[6]や**ニート**[7]の元祖のような人だった。

家庭が維持できないため、妻と別居したのも一度や二度のことではない。信じ難いことに、妻の実家から経済援助を受けながら、妻と別居中に愛人をつくり、娘まで産ませている。オタクなのだから、**二次元嫁**[8]で満足すべきではなかったのか？

また、善蔵は常に貧乏と病気に悩まされていたため、生前無名だった悲劇の作家と思われがちだが、実はそれは誤解である。

葛西善藏四十一年的生涯，其關鍵詞是「窮困、酒瘋、生病」。

善藏之所以窮困，單純是因爲他不工作。二十一歲時，沒有正職的狀態之下結婚，結婚後也都不找工作。雖然不知道這種男人爲何可以結婚，但年輕時的善藏長得相當帥，或許給予對方父母他是個有爲青年的錯誤印象。

朋友特意介紹工作給他，也總找藉口說「去面試時，我沒有衣服可穿」，就連面試都不去。就像是認爲「去工作就輸了」的現代宅男或尼特族的元祖般的人。

因爲無法維持家庭，所以跟妻子分居也不是一兩次的事。不可置信的是一邊接受妻子娘家的援助，一邊趁著跟妻子分居時搞小三，還生了個女兒。既然是個宅男，應該是有二次元嫁就能滿足才對？

另外，善藏總是因窮困及生病而受折磨，很容易被認爲是生前藉藉無名的悲劇性作家，但這是個誤會。

【生詞】

1. **キーワード**　英文的「key word」。關鍵詞、關鍵字。

2. **酒乱**（しゅらん）　酒瘋。　3. **正業**（せいぎょう）　正職。　4. **面接**（めんせつ）　面試。

5. **働**（はたら）**いたら負**（ま）**け**　去工作就輸了。雖然不清楚輸給誰，但這句話被認爲是宅男或尼特族（NEET）的名言之一。

6. **オタク**　宅男、宅女。

7. **ニート**　尼特族。原來是英文的「NEET」（Not in Employment, Education or Training）。

8. **二次元嫁**（にじげんよめ）　一種宅男用語。「二次元」代表動漫、遊戲等的角色。「二次元嫁」指男生心目中的理想二次元女性角色。另有「俺（おれ）の嫁（よめ）」的說法。

三十一歳で名作『子をつれて』を発表して以降、善蔵は出版社が争って原稿を依頼する流行作家だった。ただ、一日に原稿用紙2枚書けると祝杯を挙げるほど極端に筆が遅く、実際には一日平均で数行しか書けなかった。これでは**いくら**人気があっ**ても**職業作家にはなれない。

次の問題は、酒乱だ。善蔵は**素面**[9]の時は、**借りてきた猫**[10]のようにおとなしく、**言葉遣い**[11]も**馬鹿丁寧**[12]だった。作品の中では、主に「**内気**[13]な自分」を描いている。例えば、『子をつれて』にこんな場面がある。

貧乏な作家「彼」（善蔵自身）が、友人の作家Yからお茶をもらう。Yの父親が亡くなったので、**香典返し**[14]として茶を送ってきたのだ。ところが、「彼」が受け取った茶の缶の一部がなぜか不自然に**へこん**[15]でいた。

実は、香典を払う金がなかった「彼」のために、友人の一人が親切心から彼の分まで払ってくれていた。Yはそのことを知って、**ふと**[16]「彼」を**辱る**[17]方法を思いつく。Yは**鉄アレイ**[18]で缶を叩いてわざとへこませてから、「彼」に送ったのだ。そのことを友人から聞いて、「彼」は大きな**ショック**[19]を受ける。

三十一歲時，發表了經典名作《攜子》以後，善藏是位出版社搶著跟他邀稿的流行作家。但善藏寫作速度極慢，是一天能寫到兩張稿子就舉杯慶祝的程度。實際上，每天平均只能寫幾行而已。在這樣的狀況下，再怎麼受歡迎他也無法成爲職業作家。

接下來的問題是發酒瘋。善藏不喝酒的時候，就像借來的貓一樣安靜，說法也太過禮貌。在作品中，他主要描寫的是「內向的自己」。例如，《攜子》裡有如下畫面。

貧窮的作家「他」（善藏本人）收到作家朋友Y寄來的茶。因爲Y的父親過世之故，Y以送茶來當作回敬奠儀的禮品。但「他」收到的茶罐，有一個地方不自然的凹下去。

事實上，爲了沒有錢送奠儀的「他」，「他」的另外一個朋友好心跟他的一起送。Y知道這件事後，忽然想到可以羞辱「他」的方法。Y先用鐵製啞鈴敲打茶罐，故意把它打凹下去，再寄給了「他」。從朋友那裡聽到這個消息，「他」受到很大的打擊。

【生詞】

9. **素面**（しらふ）　沒有喝酒的狀態。

10. **借りてきた猫**（か／ねこ）　直接翻譯成中文的話，「借來的貓」。形容「跟平常不一樣，安靜、乖巧」的樣子。

11. **言葉遣い**（ことばづか）　說法、措辭。　12. **馬鹿丁寧**（ばかていねい）　太過禮貌、禮貌到不自然的程度。

13. **内気**（うちき）　內向。

14. **香典返し**（こうでんがえ）　「香典」是奠儀。「香典返し」指回敬奠儀的禮品。

15. **へこむ**　凹下去。　16. **ふと**　忽然、突然。

17. **辱る**（はずかしめ）　羞辱。　18. **鉄アレイ**（てつ）　鐵製啞鈴。

19. **ショック**　（精神上的）打擊。

Yにはモデルがいる。善蔵と一緒に同人誌『奇蹟』を創刊した谷崎精二[1]である。もちろん、精二はそんなことはしていないのだが、作品の描写には不思議な**リアリティー**[20]があり、『子をつれて』を読んだ人は皆、善蔵に同情してしまうのだ。さすが名作！作中で悪人のように描かれた精二さえ、「あの場面は面白かったよ」と善蔵の文学的想像力を褒めた。この時、善蔵は何も答えなかったのだが、それから半年くらいしたある日、善蔵が**眞顔**[21]で精二に、「僕はどうやら君という人間を誤解していたようだ。あの茶の缶のへこみはわざとじゃなかったんだな」と言ったので、精二はどんな反応をすればいいのかわからなかったという。

作品では、内気で**繊細**[22]な文学青年なのだが、現実の善蔵は酒を飲むと**二重人格**[23]かと思うほど性格が変わり、恐ろしいDV[24]男と化した。晩年の善蔵は**アルコール中毒**[25]になり、酒を飲みながら口述筆記で作品を完成させた。口述筆記を担当した嘉村礒多[2]は、『足相撲』の中で、当時の状況を次のように書いている。

Y 有原型人物，是與善藏一起創刊同人誌《奇蹟》的谷崎精二。當然，精二並沒有做這種事。但作品中的描寫擁有著一種不可思議的現實感，只要看過《攜子》的讀者都會同情作者善藏。真不愧爲經典名作！連作品中被寫成宛若惡人的精二都誇獎善藏的文學想像力，說：「那個畫面很有趣喔！」。此時，善藏並沒有任何回應。大約半年後的某一天，善藏用很認真的表情跟精二說：「我好像誤會你的爲人。原來你不是故意把茶罐打凹下去的」。據說，當下精二完全不知該怎麼反應。

透過作品，給人的感覺是既內向又敏感的文青。但現實的善藏喝酒後，就像雙重人格般個性大變，成爲了一個很可怕的 DV 男。晚年的善藏罹患酒精中毒，一邊喝酒一邊用口述完成作品。擔任代筆口述內容的嘉村礒多在《腳角力》裡寫當時的狀況如下。

【生詞】

20. **リアリティー**　英文的「reality」。現實感、逼真。

21. **眞顔**（まがお）　認眞的表情。　22. **繊細**（せんさい）　敏感。　23. **二重人格**（にじゅうじんかく）　雙重人格。

24. **DV**　英文「domestic violence」的略稱。家庭暴力。

25. **アルコール中毒**（ちゅうどく）　酒精中毒。

1 谷崎精二：（1890 年～ 1971 年）谷崎潤一郎的弟弟。小說家、英國文學研究家。與葛西善藏、廣津和郎等人一起創刊同人誌《奇蹟》。代表作有《離合》。

2 嘉村礒多：（1897 年～ 1933 年）私小說作家。於擔任《不同調》雜誌記者時認識葛西善藏，後來也擔任善藏的口述內容代筆者。

> 口述が**渋っ**[26]てくると**逆上し**[27]て夫人を打つ蹴るはほとんど毎夜のことで、二枚も稿を継げるとすっかり**有頂天**[28]になって、狭い室内を真っ裸の**四つん這い**[29]でワンワン吠えながら駆けずり廻り、「こうして片脚を上げて小便するのはおとこ犬、こうしてお尻を地につけて小便するのはおんな犬」と犬の小便の真似をする。

善蔵は犬の動作をまねる時、オス犬とメス犬の違いを表現してみせた。この点から、彼が写実主義の作家だということがわかる……？

いや、もちろんそういう問題ではない！

善蔵、完全に壊れている。

しかも、いつ口述筆記が再開されるかわからないので、儀多はずっと正座の姿勢で待っていなければならなかった。こうした苦労の末に完成したのが、晩年の代表作『酔狂者の独白』だ。「酔狂者」とは**言い得て妙**[30]である。その後、**持病**[31]の肺結核が悪化し、何度も吐血し、昭和3年（1928年）7月逝去した。

口述開始停頓，他情緒失控，遷怒到夫人身上，打呀踢呀，這種暴力幾乎每天都會重演。好不容易寫了兩張稿子，歡天喜地地脫光衣服，四肢著地，一邊汪汪叫一邊在很小的房間裡到處亂跑，還學狗小便的樣子，說：「就這樣抬起一隻腳的是公狗，就那樣屁股貼在地上的是母狗」。

善藏學狗的動作時，他呈現出公狗與母狗的差別，從此可見他是位寫實主義的作家⋯⋯？

不對，當然不是這樣的問題！

善藏，完全壞掉了。

而且因爲不知善藏從何時會再次開始口述，礒多只好一直保持正坐的姿勢等候。經過如此的艱辛才能完成晚年的代表作《醉狂者的獨白》。說「醉狂者」，形容得十分恰當。之後，宿疾的肺結核惡化，吐血好幾次，到昭和 3 年（1928 年）7 月便過世了。

【生詞】

26. **渋る**（しぶる）　停頓。　27. **逆上する**（ぎゃくじょうする）　情緒失控、激動到失去理性。

28. **有頂天**（うちょうてん）　歡天喜地、興高采烈。　29. **四つん這い**（よつんばい）　四肢著地。

30. **言い得て妙**（いいえてみょう）　形容得很恰當。　31. **持病**（じびょう）　宿疾、慢性病。

善蔵は短篇『悪魔』の中で、次のような名言を書いている。

運命はいつも悲しい。霊魂はいつも淋しい。そこに我等の芸術がある。

この言葉を通して、善蔵が犬の小便のまねをしている姿を想像すると、確かに滑稽さの中に悲しみと淋しさが感じられる。

夫失格、父親失格、友達失格、他にもいろいろ失格な典型的ダメ人間。だが、そのまったくダメな人生をそのまま芸術作品に昇華させた稀有な作家——それが葛西善蔵である。

善藏在短篇《惡魔》裡寫下一句名言如下。

命運總是悲哀。靈魂總是寂寞。而我們的藝術就在那兒。

透過這句話，想像善藏學狗小便的模樣，滑稽中的確有著悲哀及寂寞。

是丈夫失格、父親失格、朋友失格，還有很多失格的典型廢柴。但卻是位將糟糕透的人生直接昇華爲藝術作品的稀少作家——這就是葛西善藏。

【句型練習】

いくら～ても　再怎麼～。

① いくら肉が好きでも、毎日ステーキを食べていれば、最後は肉のにおいを嗅いだだけで気持ちが悪くなる。

（你再怎麼喜歡吃肉，若天天吃牛排，最後連聞到肉味都會想吐。）

② いくら二次元嫁を愛していても、友人に結婚式の招待状を送るのは、ちょっとやりすぎだ。

（你再怎麼喜歡二次元嫁，寄給朋友們婚宴的喜帖是有點過頭了。）

【名言 · 佳句】

運命はいつも悲しい。霊魂はいつも淋しい。そこに我等の芸術がある。（『悪魔』）

命運總是悲哀。靈魂總是寂寞。而我們的藝術就在那兒。

（《惡魔》）

如果葛西善藏是住豪宅、建立幸福快樂家庭的人。我們可能不會被他的言語如此感動。日本所謂的「私小說」是滿獨特的小說形式。私小說的內容基本上都是以作者本身的眞實故事爲前提。因爲內容屬實，所以讀者才會感興趣。但因爲作者的生活方式跟作品中的主角一樣，所以善藏才 41 歲就得病過逝。

從一般常識的角度來看，善藏根本就是沒出息的魯蛇或酒精中毒的廢柴。但不管別人怎麼看，至少他在就像「人生谷底是常態」般的生活中拾起來的「悲哀」及「寂寞」是眞實的。善藏活的不是假想世界而是眞實世界，這點就是他與現代宅男及尼特族最大的差別。但……因爲如此，他才給周圍的人添了極大的「眞實」麻煩啊！

運命はいつも悲しい。霊魂はいつも淋しい。そこに我等の芸術がある。

『悪魔』

なぜか部屋に古新聞が敷き詰められて
いた不潔大王?!

菊池寛

房間不知為何鋪滿舊報紙的骯髒大王？！
——菊池寛

怪人類型：【邋裡邋遢】★★★★★　【性情急躁】★★★★

菊池寛：（1888 年～ 1948 年）大正時代的代表性作家之一，也是出版社文藝春秋創辦者。身為出版社社長設立了日本最有名的文學獎「芥川獎」及「直木獎」。日本近代作家中少見的擁有經商頭腦的人。代表作有《忠直卿行狀記》、《真珠夫人》等。

10

菊池寛の「**速達**[1]の抗議状」は、文壇で有名だった。

菊池は**短気**[2]で、すぐ人と喧嘩する。もし相手がその場にいないと、速達の**抗議状**[3]を相手に送りつけるのだ。ただ、時には単に誤解が原因で怒っていることもあった。広津和郎[1]の回想によると、ある日、広津は菊池からの速達を受け取った。「君は僕が今度**国**[4]に帰って、金をいくら使ったなどと**言いふらし**[5]ているそうだが、人の**ふところ**[6]など計算しないでくれ。君との今後の交友のために一言**注意し**[7]ておく」という内容だった。広津は手紙を読んで、すぐある出来事を思い出した。彼らには一人の共通の友人がいて、数日前、広津に「菊池は東京で成功して**故郷に錦を飾っ**[8]た」と語ったことがある。この友人が**いい加減**[9]な性格で、自分が話したことを、広津が話したことにして菊池に伝え、それを信じた菊池が抗議状を書いたというのが事の真相だった。友人の**一方的**[10]な言葉を信じて、**わざわざ**[11]速達を送る菊池は**紛れもない**[12]**せっかち**[13]だが、広津もその速達を持って、直接菊池のところへ行き、菊池寛的「限時的抗議信」在文壇很有名。

菊池性情急躁，很容易跟別人吵架。若對方不在現場，他會用限時方式寄抗議信給對方。但有的時候，他生氣的原因只是一場誤會罷了。根據廣津和郎的回想，有一天，他收到菊池寄來的限時信。其內容是「聽說你到處散播我這次回故鄉時的花費多少多少？請別再計算他人的錢包！爲了我們今後的友誼，叮嚀一下」。廣津看完信馬上想起了一件事。他們之間有一個共同朋友。數日前，他跟廣津說過「菊池在東京成功，衣錦還鄉」的事。這位朋友個性很隨便，把明明是自己說的話，改編成廣津說的話，並傳給菊池。菊池也信以爲眞了，便寫了一封抗議信，這就是事情的眞相。相信朋友的片面之詞，特意用限時的方式寄信的菊池，他是不折不扣的急性子，但廣津也拿著其限時信，直接去找菊池，說：「你這封信到底是什麼意思？你以後還想要跟我做朋友嗎？若是這樣，我會默默地收下不再質問你」。

【生詞】

1. **速達**（そくたつ）　限時信。　2. **短気**（たんき）　性情急躁。　3. **抗議状**（こうぎじょう）　抗議信。

4. **国**（くに）　此字有兩個意思：一、國家。二、故鄉。這裡的意思是後者。

5. **言**（い）**いふらす**　到處傳播。

6. **ふところ**　懷裡。因爲以前穿和服的人把錢包放在懷裡，延伸的意思是懷裡的錢。

7. **注意**（ちゅうい）**する**　叮嚀。　8. **故郷**（こきょう）**に錦**（にしき）**を飾**（かざ）**る**　衣錦還鄉。

9. **いい加減**（かげん）　隨便、沒責任感。　10. **一方的**（いっぽうてき）　單方面。

11. **わざわざ**　特意。　12. **紛**（まぎ）**れもない**　不折不扣。

13. **せっかち**　急性子。

1　有關広津和郎請參考第 145 頁。

「この手紙はどういう意味だい？これからも僕と友達になろうという意味かい。そういう意味なら、何も聞かずに黙って**貰っ**[14]ておくよ」と言った。

菊池もこの時は少し驚いたのか、**腕を組ん**[15]で何も言わなかったそうだ。広津も、相当な短気である。

もし菊池が現代人だったら、LINEなどで抗議のメッセージを**あちこち**[16]に送り、相手からの返事が少しでも遅いと怒り出すタイプかもしれない。

また、菊池は――特に若い時、服装が**だらしない**[17]のと、不潔なことで有名だった。友人が便所の**肥溜め**[18]に落とした英語辞書を拾い、洗って使っていた話は有名だ。もちろん、洗っても臭いが落ちるわけがない。

菊池の京都大学時代に、こんなエピソードがある。

同じく京都大学の学生だった河倉義安[2]が部屋を探していた時、道で偶然、「二階に**貸間**[19]あり」という貼紙のある家を見つけた。なかなか良さそうだったので入ってみると、大家が「あの部屋は、今はまだ菊池さんという学生が住んでいるが、あと四五日したら空く」と言う。そこで河倉は部屋の様子を見せてもらうことにした。

「今ちょうど菊池さんもいないので」と言いながら大家

據說，此時菊池也可能有點嚇一跳，交叉雙臂一言不發。廣津也是性情相當急躁的人。

若菊池是現代人的話，可能會是用 LINE 等的方式，到處傳抗議的訊息，對方若是回覆得晚了點，就立刻發火的類型也說不定。

另外，菊池——尤其他年輕的時候，以邋裡邋遢、骯髒爲名。他將朋友掉到廁所糞坑裡的英文辭典撿起來洗一洗後，自己繼續使用的事相當有名。當然，就算洗得再乾淨臭味也不可能會消失。

菊池唸京都大學的時候，有個這樣的軼聞趣事如下。

同樣是京都大學學生的河倉義安，他在找寄宿家庭時，在路上偶然看到有著「二樓有租房」貼紙的家，因爲看起來還不錯而進去洽詢。房東先生對河倉說：「那間房間，叫菊池的學生還在住。但再過四、五天他會搬走」。於是河倉拜託房東讓他看一下房間的樣子。

【生詞】

14. **貰う**（もらう）　收下。　15. **腕を組む**（うでをくむ）　交叉雙手。　16. **あちこち**　到處。

17. **だらしない**　邋裡邋遢。　18. **肥溜め**（こえだめ）　糞坑。　19. **貸間**（かしま）　租房。

2　河倉義安：農學博士。代表作《綜合農業工作 工作編》。

が、その部屋の戸を**引き開け**[20]た瞬間、河倉は**固まっ**[21]た。

なぜか部屋中に**古新聞**[22]が十五センチほどの高さに**敷き詰め**[23]られており、しかも異様な臭いを発しているのだ！

あやしすぎる古新聞！

その下には、一体何が隠れていたのだろうか。

河倉の表情に気づき、大家は慌てて説明を始めた。

「この学生は、家賃はちゃんと払うのだが、不潔すぎるので、もう**こりごり**している。部屋の掃除を担当している私の娘が、菊池さんの汚いのを嫌って、この部屋の掃除を拒否するので、ますます汚くなってしまった」

菊池は服の着方もいい加減で、いつも**帯**[24]を**引きずっ**[25]ている。二階から降りてくる時、**うっかり**[26]自分で帯を踏み、階段から転げ落ちたこともある。

また、菊池には変な癖があって、身に着けている現金は全て一円札である。しかも、手に**唾し**[27]て、**おにぎり**[28]でも作るように一円を小さなボール状にして**袂**[29]の中に入れている……等等。

「現在菊池先生剛好不在裡面」房東邊說邊拉開那間的門，那瞬間河倉僵住了。

不知爲何，房間裡居然鋪滿了大約十五公分高的舊報紙，而且散發出異樣的味道！

太詭異的舊報紙！

裡面到底隱藏著些什麼呢？

看到河倉的表情，房東急忙開始解釋。

「這位學生，雖然房租都按時付，但他實在太骯髒，我們已經受夠了。負責打掃房間的是我女兒，因爲她嫌菊池先生髒，拒絕打掃這間房間，結果越來越髒」。

菊池連衣服都穿得很隨便，腰帶總是拖在地上拉。有一次，從二樓下來時，不小心踩到自己的腰帶，從樓梯上掉下來。

另外，菊池還有怪癖，帶在身上的現金都是一圓紙幣，而且掌上吐口水，把一圓揉成小球，放在袖子裡……等等。

【生詞】

20. **引き開ける**（ひあ） 拉開。　21. **固まる**（かた） 僵住。　22. **古新聞**（ふるしんぶん） 舊報紙。
23. **敷き詰める**（しつ） 鋪滿。　24. **帯**（おび） 腰帶。　25. **引きずる**（ひ） 在地上拖拉。
26. **うっかり** 不小心。　27. **唾する**（つば） 吐口水。　28. **おにぎり** 飯糰。
29. **袂**（たもと） 袖子。

噂をすれば影が差す[30]。やがて、一人の太った男が帰ってきた。大家に河倉を紹介されると、太った男は紳士的な態度で「私は菊池というものです」と挨拶したから、河倉は内心おかしく思った。

「もうすぐ国に帰るので、あとはよろしく」菊池は大家に言いながら、袂から本当に一円ボールを四五個出して渡したと言う。

袂に現金を入れておく習慣は、菊池が出版社文藝春秋の社長になってからも続いた。貧乏な若い作家などが**小遣い**[31]をもらいにくると、菊池は袂から**無造作**[32]に現金を取り出して渡してやる。今日出海[3]によると、その金額は多くも少なくもなかった。いい加減に見えて、実はちゃんと計算されていたのである。

菊池は『文芸作品の内容的価値』の中に、次のような名言を書いている。

生活第一、芸術第二。

說曹操曹操到。話說完不久，一個胖男生回來了。房東把河倉介紹給他，那個胖子很有紳士風度地打招呼說：「我叫菊池寬」。河倉在心裡覺得很好笑。

「因爲我快要回故鄉了，後續的事就拜託你」菊池一邊對房東說一邊眞的從袖子裡拿出四、五個一圓球給他。

他把現金放在衣袖裡的習慣，菊池在當出版社文藝春秋的社長以後也一直都沒有改變。若像年輕窮作家的人來找菊池跟他要零用錢，菊池會隨手從袖子裡拿錢給他們。根據今日出海所述，菊池給他們的錢不是很多，也不是很少。雖然看起來很隨便，事實上他算得淸淸楚楚。

菊池在『文藝作品的內容價値』裡寫了一句名言如下。

生活第一、藝術第二。

【生詞】

30. 噂(うわさ)をすれば影(かげ)が差(さ)す　說曹操曹操到。
31. 小遣(こづか)い　零用錢。
32. 無造作(むぞうさ)　隨意、隨手。

3 今日出海：（1903 年～ 1984 年）小說家、評論家。代表作《天皇的帽子（天皇の帽子）》等。

実際、菊池は当時の文壇で最も生活能力と経済観念を持っていた。それは彼が非常に貧しい家で育ったことと関係があるだろう。肥溜めに落ちた英語辞書を拾ってきて使ったのも、辞書を買う金がなかったからだ。ただ、菊池のすごい所は、こうした生活の中から独特の合理的思想を培った点である。

学生時代に彼が発明した一円ボールも、その一つだ。こうした形状なら、うっかり多く渡しすぎたり、逆に少なく渡しすぎたりすることもないだろう。合理的で、すばらしいアイデア！

ただ、手に唾して紙幣を丸めるのはやめた方がよかったかもしれない。

實際上，菊池是在當時的文壇裡最有生活能力及經濟觀念的人。這也應該與他在非常窮困的家庭長大的事實有關係。他之所以拾起糞坑裡的英語辭典繼續使用，是因為他沒有錢買辭典之故。但菊池的厲害之處在於他從這樣的生活裡培養出他獨特的合理性思想。

在學生時期，他發明的一圓球也是其中一個。先弄成這樣的形狀，就可以避免不小心給太多或給太少的問題。是個又合理又很棒的主意！

但在掌上吐口水後把紙幣揉成球的方法，或許不要做比較好也說不定。

【句型練習】

こりごり　再也不敢、受夠。

① 一緒に旅をすると、その人の本当の姿がわかると言うが、水野さんと旅行するのはもうこりごりだ。

（據說一起去旅行就知道那個人的眞面目，我再也不敢跟水野小姐一起去旅遊了。）

② 小さい頃、家計が苦しいせいで毎日辛かったから、貧乏暮らしはもうこりごりだ。

（小時候因爲家庭經濟狀況不好，日子過得很痛苦，所以我已經受夠了窮日子。）

【名言 · 佳句】

生活第一、芸術第二。

（『文芸作品の内容的価値』）

生活第一、藝術第二。

（《文藝作品的內容價值》）

這句話常常跟芥川龍之介的「藝術至上主義」被比較。芥川在《某個傻子的一生》裡有一句「人生不如一行波德萊爾[4]（人生は一行のボオドレエルにも若かない）」。雖然菊池跟芥川是好朋友，但他們的文學方向及生活態度卻相當不同。

雖然芥川給人的印象高雅、清爽，但事實上他頗好女色。有一次，芥川花了一大筆錢購買江戶時代名畫家畫的珍貴春宮畫。聽到這個消息，菊池卻說：「芥川是個傻子。若是我，會把一樣的錢用到活生生的眞正女人身上」。若他們都是現代人的話，或許芥川是喜愛二次元美少女的宅男，相對的菊池則是「リア充（現充）」也說不定。

4 波德萊爾（Baudelaire）：（1821 年～ 1867 年）法國詩人。代表作有《惡之華（Les fleurs du mal）》等。

生活第一、芸術第二。

『文芸作品の内容的価値』

いつも女性問題で悩んでいた、
全く懲りない作家!!

広津和郎

總是爲了女人問題而煩惱而且毫不反省
一錯再錯的作家！！——廣津和郎

怪人類型：【多情善感】★★★★★　【後宮生活】★★★★★

廣津和郎：（1891 年～ 1968 年）日本近代文學史上，應該是女人問題最多的一位作家。其複雜性遠遠超過「三角戀愛」而被稱爲「多角戀愛」。代表作有《壁虎（やもり）》（小說）、《歲月的腳步聲（年月のあしおと）》（散文）等。

11

日本のライトノベル[1]によく見られる物語設定——一人の主人公が同時に複数の異性に好意を持たれる設定を、「ハーレム[2]もの」と呼ぶ。

一般的に、非モテ[3]オタクの妄想世界に過ぎないと思われているが、なんと現実世界でこれに近いことを行った作家がいる。それが広津和郎だ。

広津は「無精[4]作家」と自称していたが、女性関係でこれだけ勤勉[5]だった人も珍しい。いつも女性問題で悩んでいたが、全く懲り[6]なかった。

彼の異性交遊史がすごすぎる。

先ず早稲田大学時代に、友人の妹とかなり親密な関係になる。これは美しいプラトニックラブ[7]だったが、広津は彼女の兄と性格が合わず、将来彼の義弟[8]となる運命を受け入れることができなかったため、結局、彼女と別れるほかなかった。

日本的輕小說常見的故事設定——一個主角同時被複數的異性角色喜歡之設定叫做「後宮物」。

一般認爲，這只不過是不受異性歡迎的宅男宅女妄想世界，有一位作家居然在現實世界裡展開類似一樣的事。他就是廣津和郎。

廣津雖然自稱爲「懶惰作家」，但對於女人這麼勤勞的人也極少見。他總是因爲女人問題而煩惱，但毫無反省地一錯再錯。

他的異性交往史實在太厲害。

首先，他就讀早稻田大學的時期，與朋友的妹妹建立很親密的關係。雖然這是一段很美的精神戀愛，廣津與她哥哥個性不合，無法接受未來會成爲他弟弟的命運，因此最後只好跟她分手。

【生詞】

1. **ライトノベル**　輕小說。　2. **ハーレム**　英文的「harem」。後宮。

3. **非モテ**（ひ）　「モテ」是「もてる」的名詞形。「もてる」是指很受異性歡迎，「非モテ」是其相反詞。

4. **無精**（ぶしょう）　懶惰。　5. **勤勉**（きんべん）　勤勞。

6. **懲りる**（こ）　失敗後，決定不再嘗試。「懲（こ）りない」的意思是失敗也毫無反省，一錯再錯的樣子。

7. **プラトニックラブ**　英文的「Platonic love」。柏拉圖式戀愛。精神戀愛。

8. **義弟**（ぎてい）　丈夫或妻子的弟弟。

大学卒業後、広津は永田館という下宿で一人暮らしを始めるが、間もなく、その下宿の主人の娘神山ふくと関係ができてしまう。当時、ふくは広津より二歳年上の二十六歳で、彼女の方から積極的に広津に近づいたらしい。

関係ができてしまった後、広津はすぐに後悔する。広津は**なんとか**[9]この女性と別れようとするが、彼女の妊娠が発覚する。1915年に長男が生まれるが、広津とふくが正式に結婚したのは、1918年1月のことだ。この時期、広津は自分の「愛情のない婚姻生活」を**テーマ**[10]に『やもり』等の私小説を書いて、文壇で話題を呼ぶ。不思議なことに、妻に愛情を感じられないと悩んでいながら、1918年3月には長女も生まれている。

広津がふくと別居したのは1919年だが、その二年ほど前から**カフェー**[11]の**女給**[12]元子[1]と付き合っていた。ふくが離婚に応じなかったため、法律上、ふくは依然として妻であり、元子は**愛人**[13]であった。広津と元子の事実上の婚姻生活は六年ほど続くことになる。

大學畢業後，廣津一個人住在名爲永田館的公寓，沒有多久與公寓的房東之女神山婦久發生關係。當時，婦久二十六歲比廣津大兩歲，據說是她比較積極地接近廣津。

發生關係後，廣津馬上開始後悔。他想盡辦法想要跟那個女生分手，但發現她已經懷孕了。1915 年長男出生，但廣津與婦久正式結婚卻是 1918 年 1 月的事。這個時期，廣津把自己的「沒有愛情的婚姻生活」作爲主題而寫作像《壁虎》等的私小說，在文壇上引起了話題。不可思議的是，就在他爲了無法對妻子產生愛情而煩惱的同時，1918 年 3 月長女也出生了。

廣津在 1919 年跟婦久分居，但其實在兩年前，便已經與咖啡廳的女公關元子開始交往。雖然分居，但因爲婦久不接受離婚之故，法律上她仍然是妻子，元子是小三。廣津與元子的實際上婚姻生活大約維持了六年左右。

【生詞】

9. **なんとか～**　想盡辦法。　　10. **テーマ**　英文的「theme」。主題。

11. **カフェー**　咖啡廳。

12. **女給**（じょきゅう）　「女給仕（おんなきゅうじ）」的略稱。女服務員。因爲當時的咖啡廳，除了咖啡以外，還提供酒類飲料的關係，「女給」的工作有點像現在的酒店女公關。

13. **愛人**（あいじん）　情婦、小三。

1 她名叫「元子」以外，姓氏及其他履歷皆不詳。

ところが、1923年、広津三十二歳の時、松沢はまと知り合い、彼女と恋愛関係に発展する。ちなみに、はまもカフェーの女給である。広津は**メイド**[14]タイプの女性が好みだったのかもしれない。

これだけでも十分複雑だが、まだ後があるのだ。

広津は1925年から、白石都里と付き合うようになる。彼女はカフェー・プランタン[2]の創業者松山省三の愛人だった。元々広津と松山は友人で、都里は男女関係の複雑な松山と別れようとして、広津のところへ相談に来たのだ（相談する相手を完全に間違えている？！）。広津は最初都里に同情しただけだったが、それが**次第に**[15]愛に変わった。松山の**目から逃れる**[16]ために、広津と都里は一時身を隠したが、それが**心中**[17]かと疑われ、新聞まで報道して大騒ぎになってしまった。

この一件で広津の複雑過ぎる多角恋愛が明らかになり、広く知られるようになってしまったのだ。

ところが——

恐ろしいことに、これでまだ全部ではなかったのである。

但 1923 年，廣津三十二歲時，認識松澤濱，開始談戀愛。順便提到濱也是咖啡廳的女公關。廣津或許喜歡女僕類型的女生也說不定。

如上內容已經夠複雜，竟然還有後面。

廣津自 1925 年開始與白石都里交往。她是「Café Printemps」的創業者松山省三的小三。原來廣津跟松山是朋友，都里因為想要跟男女關係複雜的松山分手，才找廣津商量（她完全弄錯請教的對象？！）。剛開始廣津只是同情她而已，對她的感情漸漸地變成愛情。為了躲開松山的視線，廣津跟都里躲藏了一陣子，兩個人的行蹤還被誤會他們要殉情，連報紙都報導，引起一大騷動。

透過這件事，廣津過於複雜的多角戀愛被曝光，廣為人知。

但是——

令人感到恐怖的是這樣還不算全部。

【生詞】

14. **メイド**　英文的「maid」。女傭、女僕。

15. **次第（しだい）に**　漸漸地。

16. **〜の目（め）から逃（のが）れる**　躲開〜的目光。

17. **心中（しんじゅう）**　殉情自殺。

2　1911 年（明治 44 年），松山省三創立的日本第一間法式咖啡廳。

私小説『小さい自転車』によると、広津はなんと永田館にいる時に、ふくの妹とも関係があったのだ。

「あたし兄さんが大好きなのよ。誰よりも好きなのよ。昔から好きなのよ」

これは作品中のS子（ふくの妹）の告白の言葉だ。神山家の女性は皆、男性より積極的なのかわからないが、問題はこの時点で広津が二十五歳、S子はやっと十七歳だった事実である。こんなことをして、法律に**抵触し**[18]なかったのだろうか。

しかも、同じく私小説『青桐』によると、前述の元子とはまの間に、更にN子[3]という女性の存在があったらしい。

広津和郎、ほとんど病気！いや、完全に病気！

『青桐』の中で、主人公（広津自身）がM子（元子）に語る、こんな名言がある。

根據私小說《小腳踏車》，廣津在永田館的時候，居然也有跟婦久的妹妹發生關係。

「我很喜歡姊夫。比誰都喜歡您。從以前到現在，一直喜歡您！」

這是作品裡 S 子（婦久的妹妹）向他告白的話。不知神山家的女生是不是都比男生還要積極，但問題是那時廣津二十五歲，婦久的妹妹才十七歲的事實。這種行爲沒有觸犯法律嗎？

而且根據同樣私小說《青桐》中的記載，上述的元子跟濱的中間還有一位叫 N 子的女生。

廣津和郎幾乎有病！不對，是完全有病！

在《青桐》中，主角（廣津本身）對 M 子（元子）說如此名言。

【生詞】

18. **抵触する**（ていしょく） 觸犯。

3 姓名及履歷都不詳。

「これも、この世の中では、童話としてしか有り得ない[19]ような世界だけれどもね、でもあり得ないとは限らない気がするんだよ。お前（元子）が僕の妹で、Sの奥さん（都里）が僕の尊敬する親友で、それからH子（はま）が僕の愛人で……」

こんな童話を子供に読ませられるわけがない。教育上、問題があり過ぎる。

広津が想像する理想の世界は、童話というより、現代のライトノベル「ハーレムもの」の世界観だろう。

今から100年近く前に、現実世界に「ハーレムもの」の世界を展開しようとしていた広津和郎——当時の**マスコミ**[20]は笑い話として扱ったが、ある意味、彼はあまりに**時代を先取りし**[21]すぎていたのかもしれない。

【生詞】

19. **有り得ない**　不可能存在、不可能有。

20. **マスコミ**　「マスコミュニケーション（mass communication）」的略稱。（像報紙、電視等的）媒體。

21. **時代を先取りする**　走在時代的尖端。

「這應該是除了童話故事以外，在現實世界裡不可能存在的世界。但有的時候我會想像這樣的世界也許不是完全不存在的；妳（元子）是我的妹妹，S 夫人（都里）是我尊敬的好朋友，另外 H 子（濱）是我的情婦……」

這種童話怎麼可能可以給小朋友？在教育上，問題太多了。

廣津想像中的理想世界，與其說如同童話故事般，不如說很接近現代輕小說的「後宮物」的世界觀。

大概 100 年前，在現實世界上想要展開「後宮物」世界觀的廣津和郎——雖然當時的媒體笑話他，但在某種意思上，他的思想可能超前走在時代的尖端也說不定。

【句型練習】

～ほかない　只好～。

① 相手(あいて)はただ自分(じぶん)の主張(しゅちょう)を喚(わめ)き続(つづ)けるだけなので、コミュニケーションはあきらめるほかなかった。

（對方只是大聲喊自己的主張而已，我只好放棄跟那個人溝通。）

② 人生(じんせい)はマラソンと同(おな)じで、走(はし)り始(はじ)めたらゴールまで走(はし)り切(き)るほかない。

（人生如同馬拉松，一旦開始跑，只好跑到終點爲止。）

【名言・佳句】

「これも、この世の中では、童話としてしか有り得ないような世界だけれどもね、でもあり得ないとは限らない気がするんだよ。お前が僕の妹で、S の奥さんが僕の尊敬する親友で、それから H 子が僕の愛人で……」（『青桐』）

「這應該是除了童話故事以外，在現實世界裡不可能存在的世界。但有的時候我會想像這樣的世界也許不是完全不存在的；妳是我的妹妹，S 夫人是我尊敬的好朋友，另外 H 子是我的情婦……」

（《青桐》）

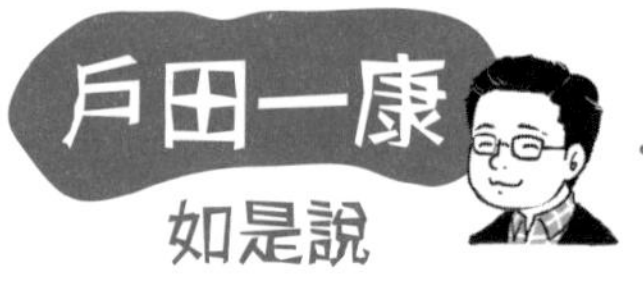

沒有接觸過輕小說的所謂「後宮物」的人，可能有所誤會。這裡的「後宮」不像「後宮佳麗三千人，三千寵愛在一身」般的世界。首先，主角通常都是個很溫柔，但有點遲鈍的男生。他對誰都很好，很會照顧人（甚至也有家事一流、感覺很賢慧的男主角）。結果，喜歡他的異性越來越多，自然而然形成了一種類似後宮的世界。廣津和郎也並非屬於「英雄好色」類型的男生，他交往過的女生大部分都屬於處境不幸、悲慘的女生。有人稱廣津為「富有同理心的花花公子（浮気者の人情家）」，眞是形容得很恰當！

但與輕小說不同的是現實的女生無法接受這樣的關係，一個個離開，最後只有松澤濱一個人留在他身邊。但 1935 年，當時 44 歲的廣津又與叫 X 子[4] 的女生發生關係，在到 1940 年的大約 5 年之間，X 子居然服毒自殺未遂三次之多！廣津的人生就是為了女人而煩惱與讓女人煩惱。不得不懷疑他在男女關係方面是否無法記取教訓？

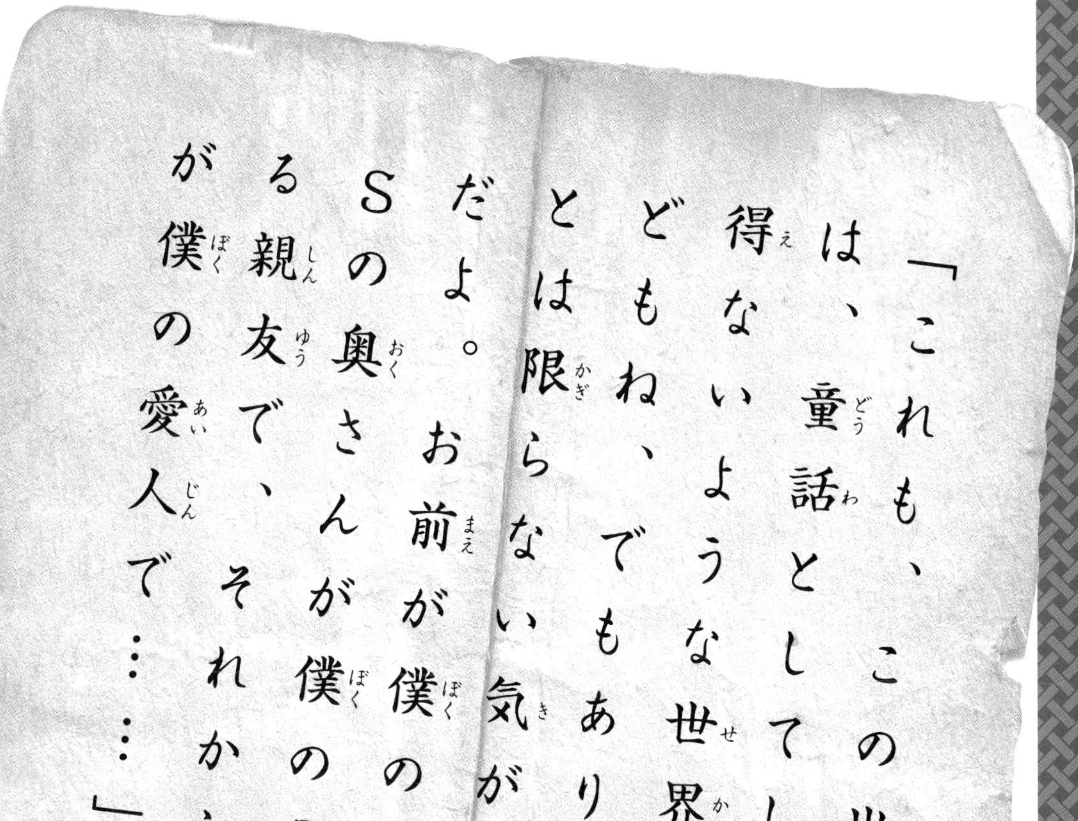

「これも、この世の中で
は、童話としてしか有り
得ないような世界だけれ
どもね、でもあり得ない
とは限らない気がするん
だよ。お前が僕の妹で、
Sの奥さんが僕の尊敬す
る親友で、それからH子
が僕の愛人で……」
『青桐』

4 根據間宮茂輔的研究，X 子是秋月伊里子，但廣津和郎之女桃子卻說另有其人。她的眞實姓名尚未被特定。

大学を中退したのに、なぜか卒業写真に写っていた?!

直木三十五

大學被退學，但不知爲何畢業照裡有他？！
——直木三十五

怪人類型：【擊退債鬼】★★★★★　【另類孝子】★★★★

直木三十五：（1891 年～ 1934 年）昭和時代初期的代表性大衆小說家。日本知名文學獎「直木獎」是直木的朋友菊池寬爲了紀念他而設立的文學獎。代表作有《南國太平記》。

12

「芥川賞・直木賞」という名を聞いたことがある人は少なくないだろう。日本で最も有名な二つの文学賞である。純文学を対象とした芥川賞は芥川龍之介を記念するため、大衆文学を対象とした直木賞は、直木三十五を記念するために設立されたものだ。

芥川龍之介は近代日本文学を代表する文豪であり、更にその作品が高校の国語教科書に採用されているため、知らない人がいないと言っていい。

ところが、「直木賞」という文学賞は有名なの**に比して**、直木三十五という名は、ほとんど忘れられている。

これはかなり残念なことだ。直木の代表作『南国太平記』は今読んでも面白いし、直木本人はもっと**ユニーク**[1]なのだ。

先ず、筆名が面白い。

彼の本名は植村宗一。直木というのは、「植」の字を分解したものだ。最初の筆名は、「直木三十一」だった。理由は簡単で、その時三十一歳だったからである。三十二歳の時は「直木三十二」、三十三歳の時は「直木三十三」に変えた。ただ、「四」という数字は縁起が悪い[1]ということで、「三十三」を二年間使い、三十五歳の時「三十五」にした。以後は、四十三歳で亡くなるまでずっと「直木三十五」だ

聽過的「芥川獎 · 直木獎」人應該不少吧！這算是在日本最有名的兩項文學獎。以純文學爲對象的芥川獎是爲了紀念芥川龍之介，相對以大衆文學爲對象的直木獎是爲了紀念直木三十五而設立的。

芥川龍之介是日本近代文學的代表性文豪，也因爲他的作品被收錄於高中的國語課本，可說無人不知。

但跟「直木獎」這個文學獎的有名程度相比，直木三十五的名字幾乎已被遺忘。

這是相當遺憾的事。直木的代表作《南國太平記》，即使現在看還是很有趣，直木本身更加獨特。

首先其筆名很有趣。

他的本名爲植村宗一。直木是「植」字分解來的。當初他的筆名是「直木三十一」，理由很簡單，因爲那時他剛好三十一歲。三十二歲時，改爲「直木三十二」，三十三歲時再改爲「三十三」。但因爲「四」這個數字不吉利，使用兩年的「三十三」之後，三十五歲時又改成「三十五」。爾後，到四十三歲過世爲止，一直都是「直木

【生詞】

1. **ユニーク**　英文的「unique」。獨特。

1 日文也跟中文一樣，「四」與「死」是同音。因此，自然會避開這個數字。

った。永遠の三十五歳である。

広津和郎は『年月のあしおと』の中で、こんなエピソードを紹介している。

直木は広津と同じく早稲田大学の学生だが、**学費滞納**[2]のため三年で中退している。

ところが、卒業写真の中になんと直木が写っているのだ！

卒業式の後、卒業生一同が記念写真を撮る時、写真師が**シャッター**[3]を切る瞬間、後列に並んでいる連中の首と首との間に、**ひょっこり**[4]首を出したということは有名な話である。

こうして直木は早稲田大学の伝説となったのだが、直木はなぜこんなことをしたのだろうか。広津はこう書いている。

直木はその写真を一枚**焼き増し**[5]して貰って、卒業証書の代りに父のもとに送ったと云うが、そうして父を安心させたところなど、直木も**案外**[6]孝心の持主であったというべきであろう。

三十五」。是永遠的三十五歲。

廣津和郎在《歲月的腳步聲》裡介紹了一個軼事如下。

直木與廣津一樣曾經唸過早稻田大學，因爲未繳學費而只唸三年就中途退學。

但畢業照裡面竟然有直木！

畢業典禮結束之後，畢業生一起拍團體照。攝影師按快門的瞬間，直木從後排的學生之間隙中忽然伸出他的頭，是件很有名的事。

就這樣，直木成爲了早稻田大學的傳說。直木爲什麼做這樣的事呢？廣津繼續寫著：

直木委託朋友加洗那張照片，並寄送給他父親取代畢業證書。他之所以這麼做是因為要他父親放心。從此可見，直木是個出乎意料滿孝順的人。

【生詞】

2. **学費滞納**（がくひたいのう）　未繳學費。　3. **シャッター**　快門。

4. **ひょっこり**　忽然、突然。　5. **焼き増し**（やきまし）　加洗。　6. **案外**（あんがい）　出乎意料。

そ、そうなのか？世の中にこんな**親孝行**[7]の表現方法があるのだろうか？

広津は『直木三十五の笑い』の中でも、こんな話を書いている。直木は作家になる前に、「人間社」という出版社の経営者をしていたが、この事業に失敗したため、家にたくさんの**借金取り**[8]が**押しかけ**[9]てくるようになった。その時の直木の対応がすごい。

債権者が脅かしても恨みを述べ[10]ても泣きつい[11]ても一切返事をしない。

直木は**ゆったりと**[12]煙草をふかしながら、結局一言も発しなかった。この方法で全ての借金取りを撃退したのである。普通の人間にできることではない。若い時の直木は、見た目は**細身**[13]の**優男**[14]タイプなのだが、黙って煙草をふかしている様子には、**侮りがたい**[15]一種独特の**迫力**[16]があったらしい。

直木は『金儲けの**秘伝**[17]』という一文の中で、こんな名言を残している。

是、是這樣子嗎？世上有如此孝順父母的表現方法嗎？

廣津也在《直木三十五的笑容》中寫這樣的故事。直木當作家以前，經營著出版社「人間社」。因為事業失敗，很多債權人蜂擁而至他家。那時的直木應付他們的方式很厲害。

債權人再怎麼威脅他、對他抱怨，甚至還哭求，直木完全不予理會。

直木從容不迫地抽菸，終究不發一語。他用這個方法擊退所有債權人。這不是一般人能做到的。年輕時的直木，外表屬於削瘦又文雅的男人類型，但據說他默默抽菸的模樣，散發出來一種不容小覷的獨特魄力。

直木在《賺錢的秘訣》一文中留下名言如下。

【生詞】

7. **親孝行**（おやこうこう） 孝順父母。 8. **借金取り**（しゃっきんとり） 債權人。 9. **押しかける**（おしかける） 蜂擁而至。

10. **恨みを述べる**（うらみをのべる） 對～抱怨。 11. **泣きつく**（なきつく） 哭求。

12. **ゆったり（と）** 從容不迫。 13. **細身**（ほそみ） 身材削瘦。

14. **優男**（やさおとこ） 文雅的男人。 15. **侮りがたい**（あなどりがたい） 不容小覷。 16. **迫力**（はくりょく） 魄力。

17. **秘伝**（ひでん） 秘訣。

僕ぐらい、いつも貧乏している者はない。**八卦見の身の上知らず**[18]というやつで、いろいろ**金儲け**[19]を考えるが、自分で働こうという気がしない。

ここでは「金儲けの秘伝」というより、彼の人生観が語られている。直木は「『**働かざるもの食うべからず**[20]』という言葉は実に**下らない**[21]」として、更にこう書く。

人間は働かなくっても食えるのが本当だ、と自分は信じている。そういう社会にならなければ嘘だと思っている。

現代社会は、直木が生きていた時代より便利で、豊かになったように見える。しかし、一人ひとりの仕事量は減っているのだろうか。**情報通信**[22]の発達によって、私たちの仕事量と**ストレス**[23]はかえって増加しているのではないだろうか。

世上沒有人像我那樣一直都很窮。我就像「算命不能算自己」一般，會想到各式各樣賺錢的方法，但並沒有真的要做。

這篇文章，表面上他介紹「賺錢的秘訣」，但實際上表示他對人生的看法。直木認爲「『不勞者不得食』這句話實在很無聊」，接著寫：

我相信，人應該不工作也可以糊口才對。若我們的社會沒有朝向這個方向發展，那是不正確的。

看起來，現代社會好像比直木活著的時代更方便、更富裕。但每個人的工作量有減少嗎？由於資訊的發達，我們的工作量及壓力反而比以前更增加，不是嗎？

【生詞】

18. **八卦見の身の上知らず**　俗語。算命不能算自己。

19. **金儲け**　賺錢。　20. **働かざるもの食うべからず**　俗語。不勞者不得食。

21. **下らない**　無聊、沒有意義。　22. **情報通信**　資訊。

23. **ストレス**　英文的「stress」。壓力。

直木は資本主義社会の矛盾を見抜いている。すばらしい！彼は決して単なる**怠け者**[24]ではなかったのだ！

直木が借金取りを撃退している時、彼の部下が**金策**[25]に成功した。出版社を救うには新しい本を出版するしかない。直木はすぐにその金で新刊書を出す準備を――しなかった！信じがたいことに、直木はその金を持って**花街**[26]に行き、全部使ってしまったのである。

もしかして、ただの遊び好きのダメ人間だったのでは……？

【生詞】

24. **怠け者**　懶惰的人。　25. **金策**　籌款、湊錢。

26. **花街**　花街柳巷。

直木看穿了資本主義社會的矛盾。很棒！他絕非單純的懶惰鬼！

直木擊退債權人的時候，他的部下成功籌到款項。要救出版社，除了刊出新書以外，沒有其他的方法。直木立刻用這筆錢準備出新書——並沒有！不可置信的是直木一拿到錢，高高興興地去花街柳巷，然後全部花掉。

莫非他其實只是個貪玩的渣男……？

【句型練習】

～に比して　與～相比。

① 最近、休日は出かけないで家にいる人が多いので、去年に比して本の売り上げが伸びたらしい。

（因爲最近休假不出門待在家裡的人比較多，據說跟去年相比書籍的銷售量有增加。）

② 現在の日本は格差社会問題が深刻で、金持ちがますます豊かになるのに比して、貧困層は三度の食事も満足に食べられない。

（現在的日本 M 型社會問題很嚴重，與有錢人越來越富裕相比，貧窮階層連三餐都吃不跑。）

【名言・佳句】

僕ぐらい、いつも貧乏している者はない。八卦見の身の上知らずというやつで、いろいろ金儲けを考えるが、自分で働こうという気がしない。

（『金儲けの秘伝』）

世上沒有人像我那樣一直都很窮。我就像「算命不能算自己」一般，會想到各式各樣賺錢的方法，但並沒有眞的要做。

（《賺錢的秘訣》）

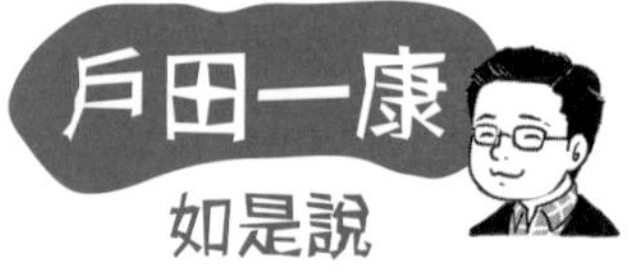

這篇《賺錢的秘訣》的厲害之處，雖然直木眞正要表達的是他對人生的看法，但裡面介紹的「賺錢的方法」也是滿專業的理財方法。從此可見，直木眞的有能力賺錢，可是他偏偏不要做。

這跟「去工作就輸了」有點不同。「去工作就輸了」這句話應該是指被人雇用的狀態。但相對直木擁有的卻是經營者型的頭腦。直木可以用人，但問題是他把他的部下辛辛苦苦湊到的錢，竟然拿去花街柳巷全部花掉。

一般而言，有人能做到普通人根本做不到的事，因此被稱爲天才。但十個人中八九個人都會做的事偏偏不做，這也是一種天才吧！直木三十五，無疑是日本近代文學中的一位天才，他的個性非常有趣……但最好不要當他的部下！

僕ぐらい、いつも貧乏している者はない。八卦見の身の上知らずというやつで、いろいろ金儲けを考えるが、自分で働こうという気がしない。

『金儲けの秘伝』

実は女性と心中自殺するつもりだった文豪?!、

芥川龍之介

原來要跟女生殉情自殺的文豪?!——芥川龍之介

怪人類型：【拈花惹草】★★★★　【自殺慾望】★★★★★

芥川龍之介：（1892 年～ 1927 年）以自殺結束僅有 35 年的一生，被認為是天才型作家的悲劇、日本近代文學中的「鬼才」。一般而言，他給人的形象是高雅氣質及瀟灑帥氣模樣，但事實上他滿好色，愛拈花惹草。代表作有《羅生門》、《河童》、《某個傻子的一生（或阿呆の一生）》等。

13

1927年（昭和2年）7月24日、芥川龍之介は自宅で多量の睡眠薬を服用して自殺した。遺書と一緒に『或旧友へ送る手記』という原稿があった。その手記の中に、こんな一節がある。

僕は（自殺の）手段を定めた後も半ばは生に執着していた。**従って**[1]死に飛び入るための**スプリング・ボオド**[2]を必要とした。このスプリング・ボオドの役に立つものは何といっても女人である。

自ら命を絶つという行為には、大きな勇気が要る。だから、「死に飛び入るため」の板を用意しなければならない。それが女性なのだ——と龍之介は言う。飛び込み台？！こんな目的で利用される女性は、**たまったものではない**[3]だろう。しかも、この板は、男と一緒に水の中に落ちなければならないのである。

1927年（昭和2年）7月24日，芥川龍之介在自家服用大量的安眠藥自殺。有一份叫《送給某老朋友的筆記》的稿子跟遺書放在一起。那篇筆記裡有這樣的一節。

我一半已決定（自殺的）手段，一半仍然貪生。因此需要為了跳入死裡的跳板。擁有這個跳板功能的存在，非女人莫屬。

自己結束自己的生命，這樣的行爲需要很大的勇氣。所以先要準備「爲了跳入死裡」的板子。這就是女生——龍之介如此說。跳板？！爲了這種目的而被利用的女生，一定受不了吧！而且這個跳板應該要跟男生一起跳入水裡。

【生詞】

1. **従（したが）って**　因此。
2. **スプリング・ボオド**　英文的「spring board」。跳板。

龍之介は妻のある身でありながら、当初は睡眠薬自殺でなく、なんと別な女性と**心中自殺**[4]するつもりだったのだ。

マジ[5]かよ、龍之介！

しかも、この女性は妻文の友達で、文が龍之介に紹介したのだった。話がなかなか複雑である。

『歯車』に、こんな場面がある。龍之介が自宅の二階で休んでいると、突然文が「**慌ただしく**[6]昇って来たかと思うと、すぐにまた**ばたばた**[7]駆け下りて行った」。不思議に思った龍之介が、どうしたのかと尋ねると、文はこう答えた。

「どうした訳でもないのですけれどもね、ただ何だかお父さんが死んでしまいそうな気がしたものですから。」

身爲有婦之夫，龍之介當初並不是要以服用安眠藥自殺而是居然打算跟別的女生殉情自殺。

你是認眞的嗎？龍之介！

而且這位女生竟是他的夫人文的朋友，還是文介紹給龍之介認識的。事情相當複雜。

《齒輪》裡有這樣的畫面。龍之介在自家二樓休息時，突然文「很慌張的樣子爬上來，又匆匆忙忙地走下去」。龍之介覺得奇怪問她到底怎麼了？文的回答如下。

「沒什麼事。但不知道為什麼，我突然有種預感你即將要自殺。」

【生詞】

3. **たまったものではない**　受不了、無法容忍。

4. **心中自殺**（しんじゅうじさつ）　殉情自殺。　5. **マジ**　「眞面目（まじめ）」的省略說法。認眞。

6. **慌ただしい**（あわ）　慌張。　7. **ばたばた**　形容匆匆忙忙走路的樣子。

龍之介は『或旧友へ送る手記』の中で、「僕はこの二年ばかりの間は死ぬことばかり考えつづけた」と書いているように、長期的に自殺を計画していた。文は妻として、夫の精神の危機を感じ取っていたのである。

（この人、危ないわ！すっかり**世をはかなん**[8]でしまっていて……。なんとかしないと！）

文は一つの方法を思いつく。彼女の友人平松麻素子を龍之介に紹介したのだ。麻素子は美しく、しかも柳原白蓮[1]とは友人の関係であり、自らも**短歌を詠ん**[9]だ。こんな文学の素養の高い美女なら、龍之介と**話が合う**[10]だろうと思ったのである。

文は麻素子を自宅に招いて、龍之介とおしゃべりさせた。麻素子の力によって龍之介の自殺欲求が緩和することを期待したのだ。**果たして**[11]龍之介は麻素子に引かれた。ここまでは文**の思う壺**だったのだが、その後、意外な方向に発展してしまう。

龍之介如同《送給某老朋友的筆記》裡寫一句「大約這兩年左右，我一直想著自殺的事」，長期計劃著自殺。文身為妻子，感覺到丈夫精神上的一種危機。

（我先生，好危險！已經完全厭世……。我得想辦法！）

文想到一個方法；將她的朋友平松麻素子介紹給龍之介。麻素子長得很漂亮，再加上她跟柳原白蓮是朋友的關係，自己也會做短歌。文認為，如此文學素養高的美女，應該與龍之介談得來。

文邀請麻素子來家裡，讓她跟龍之介聊天。她希望麻素子的力量能夠緩和龍之介的自殺慾望。果然龍之介被麻素子吸引。到此為止，恰如文所願，但後來事情卻發展到完全沒有預料的方向。

【生詞】

8. **世をはかなむ**　厭世、輕生。　9. **短歌を詠む**　寫短歌。

10. **話が合う**　談得來。　11. **果たして**　果然。

1 柳原白蓮：（1885年～1967年）本名為柳原燁子。和歌詩人，被稱為大正時期（1912年～1926年）「三大美女」之一。

麻素子が気に入った龍之介は、麻素子のために詩まで書いている。元々文学好きの女性がイケメンの文豪に詩を**捧げら**[12]れたのだから、**落ち**[13]ない方がおかしい。間もなく、麻素子は文に隠れて、外で龍之介とデートするようになった。

しかし、龍之介の目的は麻素子と恋愛することではなく、心中相手にすることだったのだ。『或阿呆の一生』の中に、こんな会話がある。主人公は三人称の「彼」になっているが、描かれているのは龍之介と麻素子の関係である。

「死にたがっていらっしゃるのですってね。」

「ええ。——いえ、死にたがっているよりも生きることに**飽き**[14]ているのです。」

彼等はこう云う問答から一しょに死ぬことを約束した。

龍之介が麻素子と心中する予定だったのは1927年4月7日。場所は帝国ホテル[2]だった。

喜歡上麻素子的龍之介，還寫詩獻給她。本來文學愛好者的女生被美男子文豪獻詩，沒有被追到手才奇怪。不久，麻素子躲避文的目光，開始在外面與龍之介幽會。

但龍之介的目的不是要跟麻素子談戀愛，而是將她當作殉情自殺的對象。《某個傻子的一生》裡描寫這樣的對話。雖然主角是第三人稱的「他」，但描寫的是龍之介與麻素子的關係。

「聽說，您很想要自殺，是嗎？」

「沒錯。——不對，與其說想死，不如說已經活膩了。」

經過如此對話，他們約好一起死。

龍之介預定與麻素子殉情自殺的是 1927 年 4 月 7 日。地點爲帝國飯店。

【生詞】

12. **～に捧（ささ）げる**　獻給～。　13. **落（お）ちる**　被追到手。　14. **飽（あ）きる**　膩。

2 1890 年，爲了國外貴賓而設立的日本代表性飯店，位於東京都千代田區。

しかし、麻素子は**ぎりぎり**[15]で気が変わり、結局、帝国ホテルには行かなかった。彼女はこっそり小穴隆一[3]のところへ行き、龍之介と心中の約束をしていたことを告げた。龍之介の行方がわからなくなったので、ちょうど文も小穴の家にやってきていた。麻素子の話を聞いて、驚いた二人が帝国ホテルへ駆けつけると、龍之介は**ふくれっ面**[16]で、一人ベッドに座っていた。

麻素子が龍之介との**約束をすっぽか**[17]した理由は不明だが、自分が単に芸術家に利用され、「自殺ゲーム」の一役を演じているだけだと気づいたのかもしれない。**なにしろ**[18]龍之介が必要としたのは飛び込み台にすぎなかったのだ。

とにかく、心中相手の女性に**ドタキャン**[19]されてしまい、文豪として龍之介は**面目丸つぶれ**[20]だった。

その日、龍之介はどうしても家に帰ろうとしなかった。そこで文は仕方なく一人で家に戻り、小穴が龍之介と一緒にホテルで一晩を過ごした。翌朝、文が来て龍之介を家に連れ帰った。まるで**手のかかる**[21]子供である。

但麻素子最後的最後改變主意，結果沒有去帝國飯店。她偷偷去找小穴隆一，告訴他與龍之介約定要殉情自殺的事。因爲龍之介的行蹤不明，剛好文也來到小穴的家。聽麻素子說的話，嚇到的兩個人跑到帝國飯店的時候，龍之介鼓起雙頰，一個人坐在床上。

麻素子放龍之介鴿子的理由不清楚，但她也許發現自己只是被藝術家利用而扮演「自殺遊戲」中的一角罷了。畢竟龍之介所需要的是跳板而已。

無論如何，殉情自殺對象的女生在最後關頭踩了剎車，身爲文豪，龍之介面目全非。

那天，龍之介，再怎麼勸說都不願意回家。於是文只好一個人回家，小穴陪著龍之介在飯店過一個晚上。隔天早上，文來接龍之介，帶他一起回家。龍之介簡直就像個很難照顧的小孩。

【生詞】

15. **ぎりぎり**　接近期限或限度。這裡的意思是「很接近約好的時間」或「最後的最後」之意。

16. **ふくれっ面**（つら）　鼓起雙頰。　17. **約束**（やくそく）**をすっぽかす**　放鴿子。

18. **なにしろ**　畢竟。　19. **ドタキャン**　最後關頭爽約。

20. **面目丸**（めんぼくまる）**つぶれ**　面目全非。　21. **手**（て）**のかかる**　很難照顧。

3 小穴隆一：（1894年～1966年）洋畫家。與芥川龍之介關係非常親密的人。曾經擔任過龍之介書籍的封面設計等。著有回憶龍之介的《兩幅畫（二つの絵）》。

芥川は確かに天才型の作家だったが、このタイプの人によく見られる**子供っぽさ**[22]も持っていた。

龍之介が睡眠薬自殺を遂げたのは、この三ヶ月後である。

医者が龍之介の死を宣告した時、文はあまり**取り乱し**[23]た様子はなかったと言う。

文は心のどこかで、この大きな子供のことを、既に諦めていたのかもしれない。

龍之介的確是位天才型的作家，但也有這類型的人的身上常見的一種孩子氣。

龍之介服用安眠藥自殺是此事後三個月的事。

據說，醫生宣告龍之介死亡的時候，文並沒有明顯慌張的樣子。

在心裡的某處，文可能早就放棄這個很大的小孩也說不定。

【生詞】

22. **子供(こども)っぽさ**　孩子氣。　　23. **取(と)り乱(みだ)す**　慌張、狼狽。

【句型練習】

～の思(おも)う壺(つぼ)　恰如～所願、陷入～的圈套。

① 割引券(わりびきけん)をもらったからと言(い)って、つい必要(ひつよう)ない物(もの)まで買(か)ってしまう客(きゃく)は、店側(みせがわ)の思(おも)う壺(つぼ)だ。

（因爲拿到折扣券，不小心連不需要的東西都買，這樣的客人已經陷入店家的圈套。）

② 王子(おうじ)に求婚(きゅうこん)されたのは彼女(かのじょ)の思(おも)う壺(つぼ)だったが、最初(さいしょ)はわざと身分違(みぶんちが)いを理由(りゆう)に断(ことわ)った。

（恰如她所願，被王子求婚，但她第一次故意將身分的差別當作理由而婉拒。）

【名言・佳句】

このスプリング・ボオドの役に立つものは何といっても女人である。

（『或旧友へ送る手記』）

擁有這個跳板功能的存在，非女人莫屬。

（《送給某老朋友的筆記》）

奇怪的是龍之介在《齒輪》裡強調，他與麻素子的關係只是精神戀愛而已，並沒有眞正發生關係。既然如此，爲什麼還要跟她殉情自殺呢？！

若相信《齒輪》裡的敍述，這起殉情自殺事件，龍之介不但背叛他妻子，還完完全全將麻素子當作工具！眞不知是身爲藝術家的任性還是什麼，這種邏輯我們普通人很難理解。但有趣的是龍之介自己明明被殉情對象的女生放鴿子，仍然保持著文豪的風格，就像寫警語般留下這樣一句話。作家在自己的作品世界裡如同神明一般，但現實生活裡常常不如預期，這點連文豪都不例外。換個角度來看，這句話告訴我們，美男子文豪的魅力再怎麼大，現實的女生不會乖乖做他的跳板。這應該是眞理！

このスプリング・ボオドの役に立つものは何といっても女人である。

『或旧友へ送る手記』

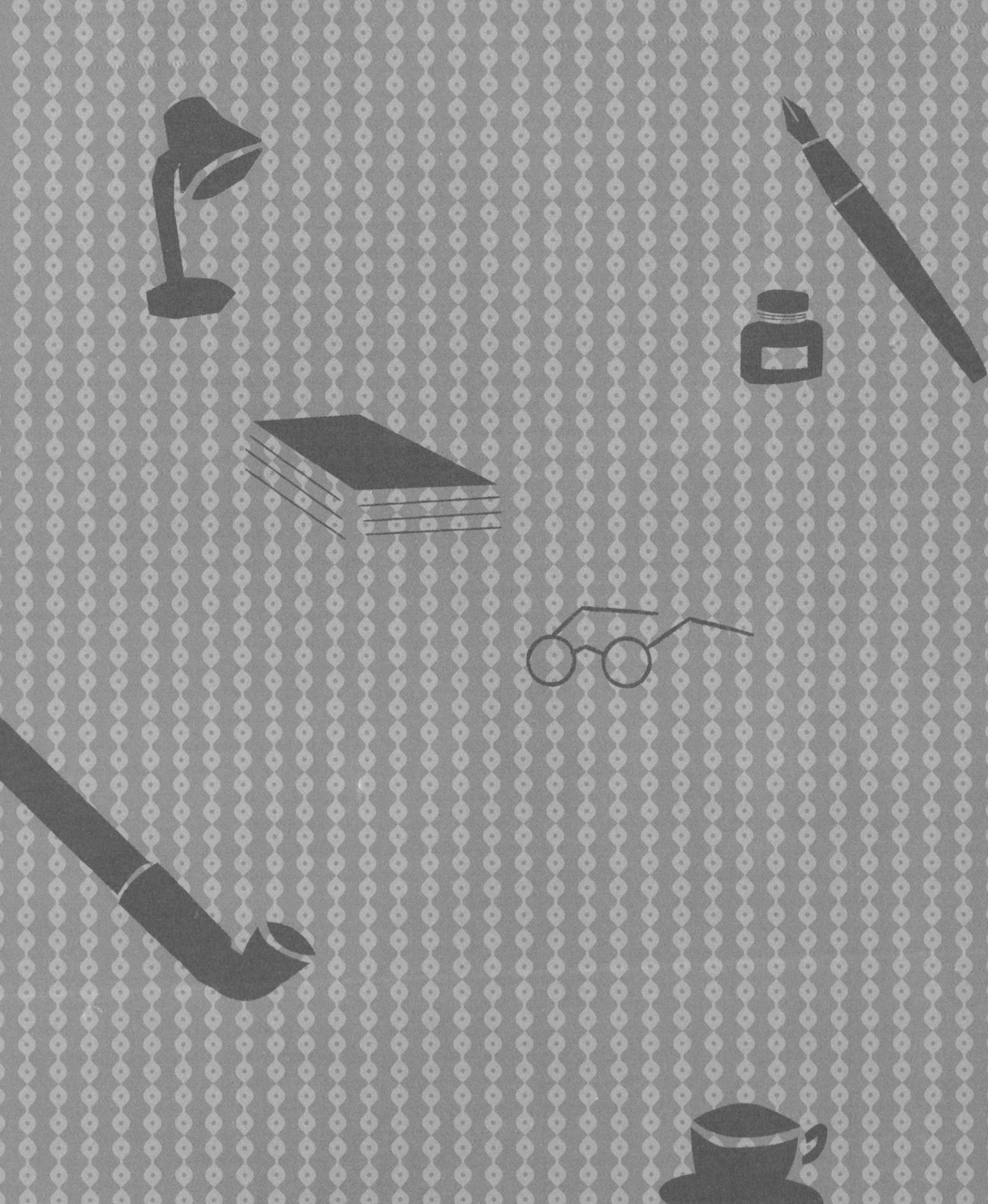

作品イメージとかなり違う、むちゃくちゃな青春!!

梶井基次郎

與作品給人的印象相當不同的荒唐青春歲月！！
——梶井基次郎

怪人類型：【放蕩不羈】★★★★　【年少輕狂】★★★★★

梶井基次郎：（1901 年～ 1932 年）英年早逝的天才作家。他完成的作品僅僅二十多篇的短篇而已。生前籍籍無名，死後被認爲是日本近代文學中的珠寶。但他的外表及荒唐的青春歲月與作品給讀者的形象之間有相當大的差別……。代表作有《檸檬》、《有城樓的小鎮（城のある町にて）》等。

14

梶井基次郎と言えば、『檸檬』である。この作品は、日本近代文学の至宝、永遠の青春文学と称されている。

主人公の「私」は、丸善[1]で一つの文学史に残る悪戯をする。様々な色彩の本を積み上げて、「奇怪な幻想的な城」を築く。そして、その上にそっと一つの檸檬をのせる——

僅か数頁の中に、若者特有の憂鬱な心情、鋭敏な神経、芸術的想像力の豊かさがあまりにも見事に描かれているのだ。

『檸檬』を読み、**一目ぼれ**[1]に近い感情を梶井に対して抱く文学少女は少なくないと言われる。ただ、**文庫本**[2]の『檸檬』には、なぜか梶井の肖像がない。

少女は調べ始める。やがて、ネットの海から一枚の写真が浮かび上がる。大部分の少女は、ここで**意表をつか**れる。更にネットは**余計**[3]な情報まで教えてくれる。

「梶井基次郎って、近藤勇[2]に似てるよね？」

說到梶井基次郎，就聯想到《檸檬》。這篇作品被稱爲是日本近代文學的至寶、永遠的青春文學。

主角的「我」在丸善做了一個留在文學史的惡作劇。他推積各式各樣色彩的書籍，蓋了一座「既奇怪又如幻想般的城堡」。然後，他靜悄悄地將一顆檸檬放在其頂端——

僅僅數頁裡，非常巧妙地描寫出年輕人特有的憂鬱心情、敏銳的神經及豐富的藝術想像力。

據說，閱讀《檸檬》，不少文學少女對梶井擁有如同一見鍾情般的感覺。但不知爲何文庫本的《檸檬》並沒有梶井的肖像。

少女開始調查。不久，從網路的大海裡浮現一張照片。大部分的少女此時感到意外。而且網路還告訴她多餘的資訊。

「梶井基次郎跟近藤勇長得很像，對不對？」

【生詞】

1. **一目ぼれ**（ひとめ） 一見鍾情。
2. **文庫本**（ぶんこぼん） 以 A6 大小的書籍。因爲它比所謂「單行本」廉價、小型，方便攜帶，目前在日本最普遍的書籍形態。
3. **余計**（よけい） 多餘。

1 1869 年，福澤諭吉的徒弟「早矢仕有的」於橫濱創立的「丸屋商社」爲其前身。隔年在東京日本橋設立分店，開始從事外文書的進口及販賣。《檸檬》裡描寫的是 1907 年在京都三條通麩屋町開設的店舗。

2 近藤勇：（1834 年～ 1868 年）江戶時代末期的幕臣（德川幕府的武士）。新選組局長。新選組是江戶時代末期，在京都活躍的一種武裝集團。主要任務是在維持當地治安的名目下，制壓反幕府人士。

幕末の京都を震撼させた、**泣く子も黙る**[4]新選組局長近藤勇と『檸檬』の作者。全く異なる二人だが、写真で見ると確かに少し似ている。しかも、梶井にもかつて京都で**暴れ**[5]ていた過去があるのだ。

肺結核によって、まだ三十一歳の若さで亡くなったため、病弱なイメージが強いが、実は**旧制三高**[6]時代、梶井は**むちゃくちゃ**[7]な青春時代を送っていた。

元々旧制高校には「**バンカラ**[8]」という風潮があった。当時は義務教育が小学校までで、高校生は既に知識階層のエリートだった。社会も彼らが有為な若者だということで、少々の**やんちゃ**[9]は許したのである。

それにしても、梶井のバンカラぶりはかなりのものだった。

特に酒を飲むと、周りの人が**どん引き**[10]するようなことを、しばしば行った。中谷孝雄[3]は『梶井基次郎』の中で当時の梶井について、こう書いている。

震撼江戶時代末期的京都、令人生畏的新選組局長近藤勇與《檸檬》的作者。雖然兩者有著天壤之別，但從照片上看，這兩個人的確長得幾分相似。而且梶井也擁有曾經在京都橫衝直闖的過往。

因爲肺結核，才三十一歲就英年早逝，他給人的形象是體弱多病。但事實上梶井唸舊制三高的時期，過了很荒唐的青春歲月。

本來舊制高中有著「蠻 collar」的風潮。當時的義務教育到小學爲止，高中生已經是知識階層的菁英。社會也因爲高中生是有爲年輕人，就允許他們稍微頑皮的行爲。

話雖如此，梶井的蠻 collar 行爲相當誇張。

尤其是喝酒後，常常做出讓周圍的人傻眼的事。中谷孝雄在《梶井基次郎》裡如此描寫當時的梶井。

【生詞】

4. **泣く子も黙る**（なくこもだまる）　慣用句。（就像哭鬧的小孩也瞬間變安靜那樣）令人生畏。

5. **暴れる**（あばれる）　橫衝直闖。

6. **旧制三高**（きゅうせいさんこう）　在京都的舊制第三高等學校。舊制是指 1894 年至 1947 年的日本教育制度。跟現在的教育制度不同的地方是舊制中學校（等於台灣教育制度中的國中）教育的修業年限爲五年。梶井又一度從舊制中學校退學並重考的關係，他進入三高的時候，已經是十八歲。

7. **むちゃくちゃ**　荒唐、亂七八糟。

8. **バンカラ**　「ハイカラ（high collar）」【指西式的時髦打扮】的相反詞。原來的表記爲「蛮（ばん）カラ」。是指當時的高中生的代表性形象「破衣、破帽、穿木屐」。

9. **やんちゃ**　頑皮、調皮。　10. **どん引き**（どんびき）　傻眼。

3 中谷孝雄：（1901 年～ 1995 年）小說家。與梶井基次郎一起創刊同人誌《青空》。代表作：《梶井基次郎》。

梶井の酒の上の乱暴は、この頃からいろいろ激しくなり、**甘栗屋**[11]の釜に牛肉を投げこんだり、**支那蕎麦**[12]屋の屋台をひっくり返したり、**いささか**[13]狂気じみてきた。

全く意味不明だ。なぜ牛肉？支那蕎麦屋に一体何の恨みが？友人の目にさえ、梶井が「いささか狂気じみて」見えたのも当然だ。

ほかにも、三高生の**たまり場**[14]だった店で酔っ払い、店の池に飛び込んで鯉を捕まえようとしたことがあり、以後その店は**出禁**[15]になった。

更にすごいのは次のエピソードである。

ある晩、中谷たちと酒を飲んだ梶井はまた酔っ払った。**ふらふら**[16]と街を歩きながら、梶井はとんでもないことを怒鳴り始めた。

「おれに童貞を捨てさせろ！」

そんなことを怒鳴りながら梶井は、祇園石段下[4]の**電車通り**[17]へ**大の字**[18]にねて動こうともしなかった。

梶井的酒瘋，從差不多這個時期開始越來越荒唐，例如把牛肉丟進糖炒栗子攤販的鍋裡、把拉麵的攤販翻倒等，感覺有點太瘋狂。

完全意圖不明。爲什麼是牛肉？對拉麵攤販到底有何仇恨？連在朋友的眼裡看都「感覺有點太瘋狂」，這也是理所當然的。

另外，梶井曾在三高生經常聚集的店喝醉酒，竟跳入店的池塘裡要抓鯉魚。從此以後那家店禁止他進入店裡。

更誇張的軼事如下。

某一個晚上，跟中谷等人一起喝酒的梶井又喝醉了。一邊遙遙晃晃地走在街上一邊大喊著令人嚇呆的話。

「讓我拋棄童貞！」

一邊大喊著這樣的內容，梶井四肢伸開躺在祇園石段下有軌電車的道路上，完全不動。

【生詞】

11. **甘栗屋**（あまぐりや） 糖炒栗子攤販。 12. **支那蕎麦**（しなそば） 「拉麵」的舊說法。

13. **いささか** 稍微。 14. **たまり場**（ば） 經常聚集的地方。

15. **出禁**（できん） 「出入り禁止」（でいりきんし）的略稱。禁止進出。

16. **ふらふら** 遙晃、蹣跚。

17. **電車通り**（でんしゃどおり） 有軌電車的道路。 18. **大の字**（だいのじ） 四肢伸開的樣子。

うわー！梶井、超恥ずかしい！

玩具が欲しくてデパートの床で大泣きする子供みたいではないか。しかも、叫んでいる言葉が恥ずかしすぎる。

中谷たちは、できることなら他人のふりをしてその場を離れたかったに違いない。

しかし、この酔っ払いが電車に**轢か**[19]れて死んでも困るので、放っておくこともできなかった。

そこで……

彼らは仕方なく、梶井を連れて本当に**遊郭**[20]へ行ったのだ。これが梶井の初体験だったと言う。

おいおい、高校生、お前ら何をしてるんだ？！

この時期、梶井はなぜこんなに荒れていたのだろう。有名な『檸檬』の冒頭部分は以下の通りである。

えたいの知れない[21]不吉な塊が私の心を始終圧えつけていた。焦燥と云おうか、嫌悪と云おうか。

哇！梶井，超級丟臉！

這樣好像想要玩具躺在百貨公司的地板上哭鬧的小孩一般。再加上，他大喊的話語丟臉丟到家了。

中谷他們若可以假裝不認識他，會想馬上離開那裡吧！

但這個醉漢被電車轢死也不好，不能把他丟著不管。

所以……

他們實在拿他沒辦法，最後眞的帶梶井去妓館。據說，這是梶井的初體驗。

喂喂，高中生，你們到底做什麼？

這個時期，梶井爲何那麼地荒唐度日呢？很有名的《檸檬》開頭部分如下。

一種莫名的不祥之感總是壓迫著我的胸口。這應該說是焦躁？抑或是厭惡？

【生詞】

19. **轢く**（ひ） 軋死。　20. **遊郭**（ゆうかく） 妓館。

21. **えたいの知れない**（し） 莫名、來路不明。

4 位於京都東山區祇園町，八坂神社的石階下面。

さて、遊郭に行った後、梶井はどうなったか？

中谷によると、梶井はその夜のことを非常に後悔し、「俺は純粋なものが分らなくなった」とか、「俺は堕落してしまった」とかずっと悩んでいたらしい。

この大げさな反応！さすが芸術家である。

しかし、そもそも電車通りに寝て騒いだのは、自分ではないのか？それで「堕落した」とか言われても……。

「お前は一生一人で悩んでろ！」

と友人たちは言いたかったであろう。

話說回來，尋花問柳過後，梶井變得如何呢？

據中谷表示，梶井對於那天晚上的事感到非常後悔，說：「我已經不知道純粹的東西是什麼？」或「我已經墮落了」煩惱不已。

如此誇張的反應！眞不愧爲藝術家。

但當初躺在有軌電車的馬路上大鬧特鬧的不是他自己嗎？既然如此，還說「墮落」……。

「你一輩子這樣煩惱好了！」

他朋友們應該很想跟他這麼說吧！

【句型練習】

意表をつく　出乎意料之外（「意表をつかれる」是被動形）。

① 彼女は元々売れないアイドル歌手だったが、ある時バラエティー番組でのユーモラスなスタイルが視聴者の意表をついて、たちまち人気が出た。

（她本來是不紅的偶像歌手，但有一次上綜藝節目時的幽默風格出乎觀衆的意料之外，馬上紅了起來。）

② 有名な大学教授が小学生の女の子の質問に意表をつかれて、結局何も答えられなかった。

（一位有名的大學教授，因爲小學女孩的發問出乎他的預料之外，結果什麼都不能回答。）

【名言 · 佳句】

えたいの知れない不吉な塊が私の心を始終圧えつけていた。焦燥と云おうか、嫌悪と云おうか。

（『檸檬』）

一種莫名的不祥之感總是壓迫著我的胸口。這應該說是焦躁？抑或是厭惡？（《檸檬》）

青春是黑暗歲月。

在大人的眼裡，他們看起來無憂無慮、享受著人生。事實上年輕人的心理充滿著煩惱、迷惘及憂鬱。因為他們覺得自己還什麼都不是。梶井基次郎的作品吸引那麼多年輕讀者，可能從中看出一種普遍的青春期懊惱。梶井無疑是一位天才作家，但據說，連他都每天晚上在床上告訴自己「我是天才，我是天才……」。這應該不是因為他相信自己為天才，而是因為他無法相信自己為天才之故吧！

但奇怪的是度過青春歲月後，我們不太會像年輕人那樣為了自己的未來而煩惱不已。這代表我們已經成為曾經夢想過的自己？哈哈，未必。所謂「找尋眞正的自己」通常不是知道自己能做什麼，而是知道自己「不能做什麼」。這應該說是認命？抑或是疲倦。——唉！

えたいの知れない不吉な塊が私の心を始終圧えつけていた。焦燥と云おうか、嫌悪と云おうか。

『檸檬』

名為「大正」時代之~~怪人~~偉人們

大正時代，是從 1912 年至 1926 年的短短 15 年而已，但在日本近代史上的意義卻很大。這個時期的日本社會有著一種自由主義、民主主義風潮，爲了與 1945 年以後的「戰後民主主義」區分，稱之爲「大正デモクラシー（大正民主主義）」。

在文學界，**谷崎潤一郎**的出現有著象徵性的意義。谷崎以短篇小說《刺青》出道是明治時代末期的事，三島由紀夫將谷崎的文壇出道比擬爲「昏暗陰天下綻放的絢爛牡丹花」。谷崎的作品與日本自然主義的陰暗風格截然不同，確實呈現出新時代的絢爛色彩。

雖然日本自然主義運動本身退潮，但從中產生的新小說形式「私小說」卻成爲了大正文壇主流；在作者的生活即是藝術的文學思想之下，有些私小說作家爲了自己的藝術可以完全不顧家庭、私生活亂七八糟，自己也得病早逝。文學史上，這類型的作家叫做「破滅型私小說作家」。**葛西善藏**是其中的代表。

取材於日本古典文學或歷史等而表現近代知性的**芥川龍之介**，他的寫作風格與葛西善藏大大不同，但龍之介也主張「藝術至上主義」，認爲藝術比生活更重要，更有價值。事實上，這樣的藝術觀與葛西善藏十分相似。「藝術至上主義」並非龍之介一個人的專利，也可以說是大正文壇的核心思想。

菊池寬主張的「生活第一、藝術第二」，從現代人的感覺上很平凡、不稀奇，但以當時的文壇標準來看，反而屬於異數，也是對於藝術至上主義風潮的一種辛辣的批評。菊池寬是日本近

代作家中，身爲小說家，身爲經營者，皆成功的唯一一人。他看穿日本出版市場的潛力，創刊《文藝春秋》雜誌，迎合一般大衆知識上的需求之外，還設立了「芥川獎 · 直木獎」進而發掘新人作家，對於日本文學及出版業的發展貢獻很大。

最享受大正時代的自由主義風潮的人應該是藝術家，他們本來就比較不拘於傳統道德的約束，再加上受到時代風潮的影響，尤其是有些男性作家的戀愛觀相當開放，龍之介曾經企圖跟情人殉情自殺以外，甚至如**廣津和郎**那樣，令人傻眼的「多角戀愛」都出現了。

明治時代，純文學另當別論，娛樂小說或大衆小說的水準較低。直到大正時代，像**直木三十五**那樣唸大學的高材生也加入此行業後，這類小說全體的水準也跟著提高。直木的代表作《南國太平記》，是歷史小說因素和傳奇小說因素的巧妙結合，被認爲是日本近代大衆文學中的代表作之一。

梶井基次郎的荒唐青春歲月跟舊制高中生的「バンカラ」風潮有關。舊教育制度下的高中生比現在的高中生年紀大，再加上那時能夠唸高中的人已是堂堂正正的菁英，社會也有「年輕人有時會瘋狂」的共識。所以梶井在高中時期的種種瘋狂行爲，雖然相當誇張，但以當時的高中生的瘋狂程度來看，也不算太過突出。這種舊制高中生的「バンカラ」形象延續到 1947 年（昭和 22 年）的學制改革爲止。也算是一種昔日好時光吧！

PART
3

昭和篇

原來這個時期的文豪
都是媒體寵兒！

愛情も生活も全てが桁外れだった
無頼派巨人!!

坂口安吾

愛情也是，生活也是，
全都是異乎尋常的無賴派巨人！！——坂口安吾

怪人類型：【異乎尋常】★★★★★　【藥物中毒】★★★★★

坂口安吾：（1906 年～ 1955 年）與太宰治、檀一雄等人一起被歸類為「無賴派」作家。戰後沒多久的時期，發表《墮落論》成為文壇的寵兒。但為了寫作大量的作品而使用藥物，後來成癮，做出很多奇奇怪怪的行為。其他代表作有《盛開的櫻花林下（桜の森の満開の下）》、《不連續殺人事件》等。

15

坂口安吾は、いろいろ**桁外れ**[1]だった。

安吾は作家になる以前、中学生の時、既に名言を残している。

余[2]は偉大なる落伍者となっていつの日か歴史の中に**よみがえる**[3]であろう。

自伝的作品『いずこへ』に拠れば、新潟県立新潟中学校三年生の時、安吾は退学になるのだが、その時、「学校の机の蓋の裏側」にこの名言を書いた。

安吾は中学校入学時は成績優秀だったのだが、近視が悪化したこと、教師への反抗などから授業を**さぼる**[4]ようになった。学校に行かずに何をしていたかと言うと、毎日浜辺の松林に寝転がって、ただ海と空を眺めていたらしい。

将来作家になるような人は、子供の頃虚弱体質であることが多いが、安吾は体が大きく、スポーツが得意だった。授業はよくさぼっているのに、柔道部や**陸上部**[5]では真面目に練習していた。**留年**[6]したのに、試験の時わざと白紙の答案を出したり、親がせっかく家庭教師をつけてくれても、また授業から逃げたりした。これでは退学にならない方がおかしい。

坂口安吾，在各種方面，異乎尋常。

安吾當作家以前，還是個國中生的時候，已經留下了名言。

總有一天我會成為一位偉大的落伍者，在歷史中甦醒。

根據自傳作品《往哪裡去》，安吾在新瀉縣立新瀉中學三年級時被退學。此時，他在「學校的課桌蓋子的背面」寫下這句話。

安吾剛進入中學的時候，成績很優秀。但後來因爲近視眼惡化、反抗教師們等理由，開始翹課。他不去上課做什麼呢？據說，每天躺在海邊的松林裡，只眺望著大海與天空。

就像將來會成爲作家那樣的人，小時候身體虛弱的居多。然而安吾身材高大，很善長做運動。雖然常常翹課，但他卻在柔道社及田徑社認眞地練習。另外，已經留級了，考試的時候他還故意繳白卷，父母特意請家庭教師來家裡，他又逃課。這樣下去，沒有被退學才怪。

【生詞】

1. **桁外れ**（けたはずれ） 異乎尋常。 2. **余**（よ） 以前的男性第一人稱。感覺有點驕傲。
3. **よみがえる** 甦醒、復活。 4. **（授業を）さぼる**（じゅぎょう） 翹課。
5. **陸上部**（りくじょうぶ） 田徑隊。「部（ぶ）」代表學校的社團或（運動）隊。
6. **留年**（りゅうねん） 留級。

思春期[7]には誰でも**反抗期**[8]があるが、安吾の反抗は人の何倍も激しかったのだ。

だが、東京の豊山中学に編入した後、安吾はスポーツの分野で大活躍した。全国中等学校競技会にも出場し、なんと**走り高跳び**[9]の種目で優勝している。

安吾の人生、起伏あり過ぎ！

こういう人だから、愛情も桁外れだった。

後に坂口夫人となる三千代は、元々安吾の個人秘書だった。安吾の家にいた時、三千代は急にお腹が痛くなった。これは盲腸炎によるもので、盲腸が既に破裂して腹膜炎を併発し、緊急手術が必要な状況だった。手術は成功したものの、三千代は五十日も入院することになってしまう。その間ずっと安吾は彼女と一緒に同じ病室に泊まり、ほとんど**付きっ切り**[10]で看病した。三千代の回想録『クラクラ日記』を読むと、安吾が**いかに**[11]細やかに彼女の世話をしたかわかる。三千代の退院後、二人は一緒に暮らすようになる。

ここまでは美しい話なのだが、三千代と結婚した後の安吾は、自分が彼女にしてあげたことの百倍も、彼女に迷惑をかけることになるのだ。

在青春期，每個人都有叛逆期，但安吾的叛逆比別人激烈了好幾倍。

但轉入東京的豐山中學後，安吾在運動方面大活躍，也參加日本全國中等學校競賽，居然獲得了跳高項目的第一名！

安吾的人生，起伏太大了吧！

因爲他是這樣的人，愛情也異乎尋常。

後來成爲坂口夫人的三千代原來是安吾的個人秘書。三千代在安吾家的時候，她突然覺得肚子痛。原來是她罹患了盲腸炎。盲腸已破裂且併發腹膜炎，是需要緊急手術的狀況。雖然手術成功，但三千代得住院五十天以上。那段期間，安吾一直都跟她住同一個病房，幾乎片刻不離地看護她。看三千代的回想錄《kurakura 日記》就得知安吾多麼細心照顧她。三千代出院後，兩個人開始一起生活。

到此爲止是很美的故事。但跟三千代結婚後的安吾，給她添麻煩的程度，比他曾經幫她做過的多一百倍！

【生詞】

7. **思春期**（ししゅんき） 青春期。　8. **反抗期**（はんこうき） 叛逆期。　9. **走り高跳び**（はしりたかとび） 跳高。

10. **付きっ切り**（つきっきり） 片刻不離。　11. **いかに** 多麼。

安吾は1946年に発表した『堕落論』で、一躍文壇の寵児になるのだが、仕事量が激増したので、集中力の維持のために多量のゼドリン[1]を服用するようになる。結果、睡眠障害になってしまったため、睡眠薬も服用するようになり、最後は深刻な薬物中毒に陥ってしまう。

先ず、幻覚。安吾はいきなり壁を指さし、「兵士が敵に**突撃**[12]していく！」と言う。三千代がびっくりして壁を見ると、もちろん何も見えない。

次に、被害妄想。安吾の家の向かいが**区役所**[13]の寮になっていたのだが、安吾に拠れば、寮の部屋から若い男がいつも自分を**のぞい**[14]ていると言う。このため、安吾の書斎の**カーテン**[15]は一日中閉め切ってあった。たまに三千代が掃除のために少しカーテンを開けるが、もしうっかり閉め忘れると、ひどく怒られたそうだ。

他にも薬物中毒によって引き起こされた、数々の**奇行**[16]がある。その中でも特にすごいのは「二階から飛び降り事件」と「ライスカレー百**人前**[17]事件」である。

ある日、いきなり安吾は二階から飛び降りると言い出した。なぜかわからないが、「自分は飛び降りなければならない」と**言い張る**[18]。しかも、安吾はもう片足を窓枠に掛けている。三千代は安吾の腰に**しがみつい**[19]て、女中に「布団を庭に敷いて！できるだけたくさん！」と叫んだ。

安吾以1946年發表的《墮落論》一躍成爲文壇的寵兒，但因爲工作量暴增，要維持專注力而服用安非他命。結果，罹患了睡眠障礙，因此也開始服用睡眠藥，最後陷入很嚴重的藥物中毒狀態。

首先是幻覺。安吾突然用手指牆壁說：「士兵們正在衝向敵人！」三千代嚇著看牆壁，當然什麼都沒看到。

接下來是被害妄想。安吾家的對面有區公所的宿舍，根據安吾說的話，從那間宿舍的房間裡，一個年輕男子總是偷看安吾。因此，安吾書房的窗簾全天都緊閉著。三千代偶爾爲了打掃拉開一下窗簾，若不小心忘了關上，會被安吾罵得很厲害。

還有很多因藥物中毒而引發的異常行爲。其中特別誇張的是「從二樓跳樓事件」及「咖哩飯一百人份事件」。

有一天，安吾突然說他要從二樓跳下去。不知爲何，安吾堅持說：「我非跳下去不可」。而且安吾的一隻腳已經掛在窗框上，三千代用力抓住安吾的腰，對女傭大喊著：「請把棉被鋪在庭院上！盡量多一點！」

【生詞】

12. **突撃** 衝鋒。　13. **区役所** 區公所。「区」是東京行政區劃之一。

14. **のぞく** 偷看。　15. **カーテン** 窗簾。　16. **奇行** 異常行爲。

17. **～人前** ～人份。　18. **言い張る** 堅持主張。　19. **しがみつく** 用力抓住。

1 安非他命的一種。興奮劑。

ちょうど女中が急いで布団を敷き終えたところに、安吾は飛び降りた。三千代は安吾が足を骨折するかと思ったが、奇蹟的に**かすり傷**[20]一つ負わなかった。

続いて、有名な「ライスカレー百人前事件」を紹介しよう。

この事件が起こったのは 1951 年、安吾の被害妄想が特にひどい時期だった。友人の檀一雄[2]が安吾の精神状態を心配し、安吾と三千代を一か月ほど自分の家に住まわせてくれたのだが、安吾は睡眠薬の過剰摂取で、またおかしくなった。

三千代に「ライスカレーを百人前、**出前**[21]で頼め！」と命令したのである。

なぜライスカレー？　なぜ百人前？

その答えは、世界中で安吾にしかわからないのだろう。

三千代は仕方なく、安吾の**言いつけ**[22]通りにした。『クラクラ日記』にはこう書いてある。

就在女傭急忙鋪好棉被後，安吾一躍而下。三千代以為安吾的腳會斷，但就像奇蹟般連一點擦傷都沒有。

接著，向大家介紹很有名的「咖哩飯一百份事件」。

這起事件發生的是 1951 年，是安吾的被害妄想特別嚴重的時期。好朋友檀一雄擔心安吾的精神狀態，讓他及三千代住他的家大概一個月左右。安吾因為服安眠藥過剩，又產生了異常行為。他命令三千代說：「妳叫外送一百人份的咖哩飯！」

為什麼是咖哩飯？為什麼要一百人份？

知道這個答案的人，全世界應該只有安吾一個人吧！

三千代實在沒辦法，按照安吾的吩咐去做。《kurakura 日記》裡寫著如下。

【生詞】

20. **かすり傷**（きず） 擦傷。　21. **出前**（でまえ） 外送。　22. **言いつけ**（い） 吩咐。

2 檀一雄：（1912 年～ 1976 年）小說家。與太宰治、坂口安吾等人一同被歸類為「無賴派」。也是太宰治生涯中最好的朋友之一。代表作有《火宅之人（火宅の人）》。

檀家の庭の**芝生**[23]に**アグラをかい**[24]て、坂口はまっさきに食べ始めた。私も、檀さんたちも芝生でライスカレーを食べながら、あとから、あとから運ばれて来るライスカレーが縁側に**ズラリ**[25]と並んでいくのを眺めていた。

安吾につきあって、黙ってライスカレーを食べ続けた三千代、檀一雄とその家族。彼らは本当に偉大である。妻として、友人として、彼らもまた桁外れだったのだ。こうした人たちがいなければ、安吾は文壇の寵児**どころか**、社会人の資格すら失っていただろう。

ちなみに檀一雄は太宰治の親友でもあった。檀一雄の活躍を更に知りたい人は、続けて次章「太宰治篇」も読んでほしい。

【生詞】

23. **芝生** 草坪、草皮。　24. **アグラをかく** 盤腿坐。

25. **ズラリ（と）** 擺成一排的樣子。

安吾第一個盤腿坐在檀家的庭院草坪上，開始吃咖哩飯。我，檀先生等人也在草坪上一起吃咖哩。我們一邊吃，一邊看望著陸續被送過來的咖裡飯在木製平台上擺成一排的樣子。

陪伴安吾，默默吃咖哩飯的三千代、檀一雄及他的家人，他們眞是偉大。身爲妻子，身爲朋友，他們也是異乎尋常的。如果沒有這樣的人們，安吾別說是文壇的寵兒，就連做社會人士的資格都喪失了吧！

順便提到，檀一雄也是太宰治的好朋友。如果你想知道檀一雄再次活躍的故事，請繼續閱讀下一章「太宰治篇」。

【句型練習】

～どころか　哪裡～、別說～。

①デートの時緊張(ときぎんちょう)しすぎて、キスどころか、手(て)をつなぐこともできなかった。

（約會的時候，因爲太過緊張，別說親吻，連牽手都不敢做。）

②友人(ゆうじん)に勧(すす)められて少(すこ)し株(かぶ)を買(か)ってみたが、もうかるどころか損(そん)ばかりしている。

(因爲朋友勸我，所以買一些股票看看，結果哪裡有賺錢，反而一直都虧損。)

【名言 · 佳句】

余は偉大なる落伍者となっていつの日か歴史の中によみがえるであろう。（『いずこへ』）

總有一天我會成爲一位偉大的落伍者，在歷史中甦醒。

（《往哪裡去》）

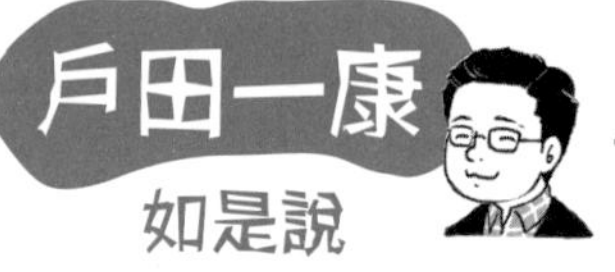

「偉大的落伍者」。看起來，這是一個矛盾的詞。

天天翹課、留級，甚至被退學而轉校。安吾總算從中學校畢業的時候，已經快要 20 歲。這樣的人的確是落伍者。有趣的是安吾要當的不是成功者，也不是單純的人生勝利組，而是「偉大的落伍者」。

世上有很多本來被認爲落伍者或魯蛇的人，後來成功的故事。但安吾所說的「偉大的落伍者」與那種「逆轉人生」的故事有點不同。安吾始終都是落伍者，他的偉大在哪裡？可能在他並沒有要改變自己這一點。

但唯一不好的地方是安吾給人的印象太過深刻，後來很多人提到作家，就會聯想安吾的形象，因此世上父母都反對自己的女兒嫁給作家……。

余は偉大なる落伍者となっていつの日か歴史の中によみがえるであろう。

『いずこへ』

あの手この手の脛かじりですみません！！

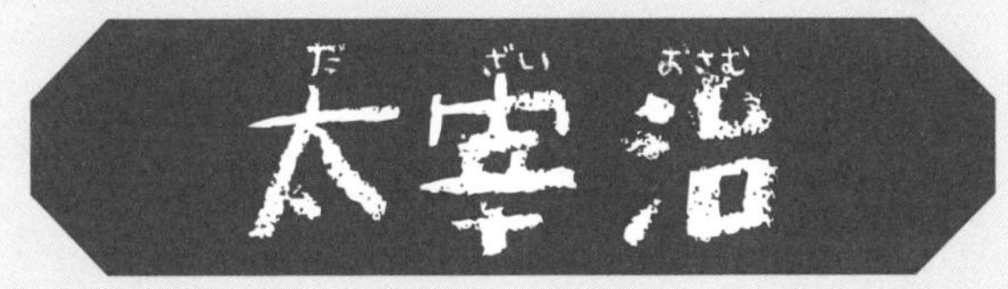

想盡辦法啃老，我很抱歉！！——太宰治

怪人類型：【死愛面子】★★★★★　【揮金如土】★★★★★

太宰治：（1909 年～ 1948 年）說到太宰治，很多人就聯想女人問題。太宰的確是位「殉情達人」沒錯。但事實上不僅如此，太宰曾經想盡辦法騙老家，目的就是跟他們要錢。太宰之所以花費很大，是因為他死愛面子之故……？！代表作有《斜陽》、《人間失格》等。

16

太宰治と言えば、「**心中**[1]」である。

自殺未遂が四回、本当に死んだのは五回目の自殺だった。そのうち、心中の形を採った回数が三回もある。心中未遂が二回、最後の五回目も心中だった。

このため、太宰治は複雑な愛情問題に悩み、心中事件を繰り返していたと思っている人が多い。

複雑な愛情問題——これは事実の一部ではあるのだが、全てであると言うことはできない。

太宰の第一回目の自殺は、高校三年生の期末テストの直前である。高校入学時、太宰の学業成績は優秀だったのだが、その後、文学の同人誌を発行したり、花街に出入りして**芸者**[2]遊びをしたりしていたため、成績が**急激に下がっ**[3]てしまった。本来なら留年するところだったのだが、この自殺事件の**どさくさ**[4]にまぎれ、なぜか卒業できてしまった。

太宰という人は、非常に面子を重んじるタイプだった。自伝的小説『**おしゃれ**[5]童子』を読むと、太宰が子供の頃から、いかに「自分が他人にどう見られているか」を気にする人間だったかよくわかる。

說到太宰治，就聯想「殉情」。

自殺未遂四次，眞的結束生命的是第五次的自殺。其中，採取殉情形式的有三次。殉情未遂兩次，最後的第五次也是殉情。

因此，很多人認爲太宰治爲了複雜的愛情問題而煩惱，並重演殉情事件。

複雜的愛情問題——這是部份的眞實沒有錯，但不能說全部。

太宰的第一次自殺是快要到高中三年級期末考的時候。高中入學時，太宰的學業成績很優秀，但後來因爲創刊文學同人誌、出入花街柳巷玩藝妓等，他的成績一落千丈。雖然太宰本來要留級，但趁著這起自殺事件引起的混亂中，莫名其妙能畢業了。

太宰這個人屬於非常愛面子的類型。閱讀自傳式小說《時髦童子》就可得知，太宰從小就多麼在意「自己被別人怎麼看」。

【生詞】

1. **心中**（しんじゅう）　殉情自殺。　2. **芸者**（げいしゃ）　藝妓。

3. **急激に下がる**（きゅうげき、さ）　一落千丈。　4. **どさくさ**　混亂。

5. **おしゃれ**　時髦打扮。

「瀟洒、典雅。」少年の美学の一切は、それに尽きていました。いやいや、生きることのすべて、人生の目的全部がそれに尽きていました。

卒業できないでクラスメートに笑われる。そんな恥ずかしいことは、彼の美学として絶対に許されないのだ。

普通の人は、こんなことで死ぬ必要はないと思うだろう。だが、纖細すぎ、且つ面子を重んじる人にとって、「他人の目を気にしない」というのは、全く無理な話なのである。

奇蹟的に高校を卒業した太宰は、東京帝国大学**仏文科**[6]に入学する。

高校の成績がひどかったのに、なぜ東京帝国大学に合格できたのか。実は当時、東京帝国大学の仏文科は人気がない学科で、試験を受けた者はほぼ全員合格すると言われていた。

つまり、東京帝国大学でさえあれば、どこの科でもよかったのだ。何を学ぶかではなく、学校の名前を重視する。**いかにも太宰らしい**[7]選択だ。

「瀟灑、典雅。」這個少年的一切美學就在這個詞裡。不對不對，他生活的所有一切、人生的所有目的就在這兒。

無法畢業而被同學取笑。這種丟臉的事，是在他的美學上絕對不能容許的。

一般人也許認爲這種事沒有必要自殺吧！但對於太過敏感又死愛面子的人來說，「不要在意別人的目光」，這根本是不可能的事。

就像奇蹟般畢業於高中的太宰，進入了東京帝國大學法文系。

既然高中成績很糟糕，爲何能考上東京帝國大學呢？事實上，當時東京帝國大學的法文系是冷門科系，據說參加考試者幾乎都會考上。

也就是說，只要是東京帝國大學，唸什麼科系都可以。不是重視要學什麼而是注重學校的名字。這眞是太宰風格的選擇。

【生詞】

6. **仏文科**（ふつぶんか） 法文系。

7. **いかにも～らしい** 很有～風格。

太宰はフランス語を勉強したこともなく、興味もなかったので、授業にはほとんど出なかった。四年が過ぎても、**単位**[8]をほとんど取っていないので卒業できるわけがない。五年目は、「今年は絶対卒業します」と嘘をつき、実家の**長兄**[9]や母親を騙して**脛をかじり**[10]続けた。森敦[1]はエッセイ『青春時代』の中で、この時期の太宰のことを詳しく書いている。

太宰の親友の檀一雄が、このままでは太宰の退学は**時間の問題**[11]だと心配した。そこで、既に都新聞[2]に入社していた中村地平[3]に頼んで、「太宰が都新聞に採用された」という偽の通知を太宰の実家に出してもらった。森敦も檀に頼まれて、「太宰が無事に東京帝国大学を卒業した」という偽の手紙を書き、太宰の家族に送ったという。

友情の美名の下、やっていることは完全に詐欺行為！ただ、森の記述に拠れば、その結果は以下の通りだった。

しかし、一足先に大学から通知が行っていたらしく、檀一雄の活躍も**水泡に帰し**、ぼくたちも**赤恥をかく**[12]ような結果になってしまった。

太宰從來沒學過法文，也對學法文沒有興趣。他幾乎沒有去上課。四年過後，因爲幾乎都沒有拿到學分，不可能可以畢業。大學第五年，騙老家的大哥及母親說：「今年一定會畢業！」，繼續啃老。森敦在散文《青春時代》裡詳細描寫這個時期的太宰的事。

太宰的好朋友檀一雄，他擔心這樣下去的話，太宰被退學是遲早的問題。於是拜託都新聞社的員工中村地平，讓中村幫太宰寫一份「太宰被都新聞社錄取」的假通知，寄給了太宰的老家。森敦也同樣被檀委託，寫了「太宰順利畢業於東京大學」的假信寄給太宰的家人。

在友情的美名之下，他們做的根本是欺騙行爲！但根據森的記述，其結果如下。

就只差了一步，太宰的老家已經收到大學寄出的（退學）通知，檀一雄的一切努力都化為泡影，我們也一同陷入了丟臉丟到家的結局。

【生詞】

8. **単位**（たんい） 學分。 9. **長兄**（ちょうけい） 大哥。 10. **脛をかじる**（すね） 啃老。

11. **時間の問題**（じかん もんだい） 遲早的問題。

12. **赤恥をかく**（あかはじ） 「赤恥（あかはじ）」是「恥（はじ）」的強調說法。丟臉丟到家。

1 森敦：（1912 年～ 1989 年）小說家。與太宰治、檀一雄等人一起創刊同人誌《青花（青い花）》。代表作有《月山》（芥川獎得獎作品）。

2 明治時代創刊，限定於東京地區的報紙。現在的「東京新聞」的前身。

3 中村地平：（1908 年～ 1963 年）小說家。比太宰治大一歲，畢業於東京帝國大學美術系。拜井伏鱒二爲師。代表作有《八年間》。

この時も、太宰は鎌倉山[4]での**縊死**[13]を企てたが、失敗に終わっている。

太宰が実家を**あの手この手**[14]で騙した理由は、面子問題は言うまでもないが、生活費を得るためでもあった。

太宰は非常な**浪費家**[15]だったが、纖細すぎて生活能力がゼロに近く、実家からの経済援助がなければ生きていけなかったのだ。

しかし、なぜそんなに金が必要だったのか？太宰が使ったのはほとんど**遊興費**[19]である。森の説では、太宰が大金を使って遊んだ目的は、なんと「**東北訛り**[17]を洗い流し、すっかり**東京弁**[18]になろうとした」ことにあった！

井伏鱒二[5]の『太宰治』に拠れば、太宰治という筆名の由来も、本名津島修治の「津島」を太宰が発音すると、「ちしま」に聞こえるが、「だざい」という発音は東北弁の影響を受けないからだったと言う。このように太宰治は自分の東北訛りを恥じており、かっこいい東京弁を**マスター**[19]したかったのだ。気持ちはわかるが、そこまでするか？森は更に、こんなエピソードを紹介している。

此時，太宰也在鎌倉山企圖上吊自殺，結果失敗。

太宰之所以想盡辦法騙老家的長輩，面子問題就不用說，也是因爲要跟他們要生活費。

太宰是個敗家子，個性又太過敏感，生活能力接近零，若沒有老家的經濟援助，就活不下去。

但爲什麼那麼需要錢呢？太宰用錢大都是玩樂費。森的說法是太宰花費一大筆錢玩樂的目的居然在於「洗掉東北腔，要完全學會東京腔」！

根據井伏鱒二的《太宰治》，「太宰治」這個筆名的由來是因爲太宰唸出本名津島修治的「津島（tsushima）」，聽起來像「chishima」，但「dazai」的音不會受到東北腔的影響。就這樣，太宰對自己的東北腔感到羞恥，想學會很帥的東京腔。雖然可以瞭解他的心情，但有必要做到這樣的程度嗎？森還有介紹以下軼事。

【生詞】

13. **縊死**（いし）　上吊自殺。　14. **あの手この手**（て／て）　想盡辦法。

15. **浪費家**（ろうひか）　敗家。　16. **遊興費**（ゆうきょうひ）　玩樂費。

17. **東北訛り**（とうほくなま）　東北腔。日本東北地區的腔調（太宰治出身於青森縣）。

18. **東京弁**（とうきょうべん）　東京語、東京腔。「東京弁（とうきょうべん）」跟所謂的「標準語」有所不同，裡面包括從江戶時代以來的東京「下町」地區獨特的說法及腔調。

19. **マスターする**　精通。

4　位於神奈川縣鎌倉市的小山。

5　井伏鱒二：（1898 年～ 1993 年）小說家。太宰治及中村地平的文學老師。1966 年，獲得文化勳章。代表作有《山椒魚》、《黑雨（黒い雨）》等。

ついに東京弁をマスターしたと確信した太宰は、銀座の一流バーへ行き、女給との会話を楽しんだ後、「きみはぼくがどこから来たかわかるかね」と聞いた。すると相手はにっこり笑って、「東北の方ですよね」と答えたという。

湯水のように金を使って[20]、必死に東京弁を練習したのに、**あっさり**[21]東北出身だと**見抜か**[22]れるなんて……。太宰、悲惨すぎ！

短篇小説『二十世紀旗手』の**エピグラフ**[23]は、太宰畢生の名言である。

生れて、すみません。

面子を重んじ、かっこをつけるのが大好きだが、一方で生活力に欠け、あまりに繊細――こういうタイプの人が人生に対して悲観的になってしまうのは、当然のことだったのかもしれない。

【生詞】

20. **湯水のように金を使う**　揮金如土。

21. **あっさり**　輕易。

22. **見抜く**　看穿。

23. **エピグラフ**　英文的「epigraph」。題詞。

確信自己終於精通東京腔的太宰，去銀座的一流酒吧，享受跟女公關聊天後，問她：「你知道我是從哪裡來的嗎？」對方莞然一笑說：「您是東北人吧！」

揮金如土，拚了命練習東京腔的結果，輕易被看穿出身於東北……。太宰，太悲慘了！

短篇小說《二十世紀旗手》的題詞，是太宰畢生的名言。

生而為人，我很抱歉。

死愛面子，很喜歡耍帥，另一方面缺乏生活能力，太過敏感——這樣類型的人，對人生的看法變得很悲觀，或許也是理所當然的事。

【句型練習】

水泡(すいほう)に帰(き)す　化爲泡影。

①今日(きょう)のテストの科目(かもく)を間違(まちが)えていて、昨日(きのう)徹夜(てつや)で試験準備(しけんじゅんび)した努力(どりょく)が水泡(すいほう)に帰(き)した。

（因爲我弄錯今天的考試科目，昨天熬夜準備考試的努力都化爲泡影。）

②けがをして試合(しあい)に出(で)られなくなり、辛(つら)い練習(れんしゅう)に耐(た)えてきた日々(ひび)が水泡(すいほう)に帰(き)した。

（因爲受傷的關係，我無法參加比賽，忍耐苦練的日子都化爲泡影了。）

【名言 · 佳句】

生(うま)れて、すみません。

（『二十世紀旗手(にじゅっせいきしゅ)』）

生而爲人，我很抱歉。

（《二十世紀旗手》）

戶田一康如是說

日本有「道歉文化」這個說法。例如「90 度鞠躬」、「180 度鞠躬」、「下跪道歉」等等，大家應該知道感覺滿誇張的日式道歉吧！雖然道歉是一種「認錯」的行爲，但你以爲道歉的人一定是弱者，被道歉的人則是絕對的強者，這樣的認知不能說是百分之百對的。如果在大家的面前，突然有人向你下跪道歉，你一定會受到別人的異樣目光，好像被他們說「對方已經下跪了，你還不能原諒嗎？」一樣坐立不安，壓力超大吧！

太宰治寫作《二十世紀旗手》是 1937 年的事。然後直到 1948 年爲止，他至少活了十年以上。對太宰而言，這句話其實可能是爲了要活下去的一種武器也說不定。

生(うま)れて、すみません。

『二十世紀旗手(にじゅっせいききしゅ)』

富士山の樹海で死にかけた
大ミステリ作家?!

松本清張

差點死在富士山樹海的推理大師？！——松本清張

怪人類型：【孤傲不群】★★★★　【沉迷工作】★★★★★

松本清張：（1909 年～ 1992 年）創始「社會派推理」的推理大師。他的孤高模樣曾經十分膾炙人口，成爲了昭和時期大衆小說作家的代表性形象。代表作有《點與線（点と線）》、《日本的黑霧（日本の黒い霧）》等。

17

松本清張の外見は、一種強烈な印象を与えた。

蓬髪[1]、大きな下唇、**ぶ厚い**[2]眼鏡の奥から**ぎょろりと**[3]睨む表情。和服を着ることを好み、手にはいつも煙草を持っている。

清張は確かに昭和の大衆小説家の代表的イメージだった。それは具体的にどのようなイメージだったのか。

先ず、人気作家は何本もの雑誌連載小説を抱えていて、めちゃくちゃ忙しい。ストレスが大きいせいか、**ヘビースモーカー**[4]だ。

だが、人気作家なのでお金はある。よく銀座の高級バーで、美人**ホステス**[5]に囲まれている。孤高の人で、あまり他の作家とは付き合わない。一緒にいるのは出版社の編集者ばかりだ。編集者は人気作家の原稿をもらうために、**家来**[6]のように一生懸命**奉仕**[7]する……等々。

松本清張的外表給人一種強烈的印象。

蓬亂的頭髮、很大的下嘴唇、從厚厚眼鏡背後轉動大眼珠盯視的表情。愛穿和服、手總是拿著香菸。

清張的確是昭和大衆小說家的代表性形象。具體上，這是什麼樣的形象呢？

首先，人氣作家擁有好幾個雜誌連載小說，超級忙碌。可能壓力太大的關係，煙癮很大。

但因爲是人氣作家，很有錢。常常人在銀座的高級酒吧被很美的女公關們圍繞。由於是位孤高之人的關係，很少跟別的作家交往。跟他在一起的都是出版社的編輯。編輯爲了拿到人氣作家的稿子，就像家臣一樣拼命服侍……等等。

【生詞】

1. **蓬髪**（ほうはつ）　蓬亂的頭髮。　2. **ぶ厚い**（あつ）　「厚い」的強調說法。很厚的、相當厚的。

3. **ぎょろりと**　轉動大眼珠（盯視）的樣子。

4. **ヘビースモーカー**　英文的「heavy smoker」。煙癮很大的人。

5. **ホステス**　英文的「hostess」。酒店女公關。

6. **家来**（けらい）　家臣。　7. **奉仕**（ほうし）　服侍。

実際、出版社や新聞社の人にとって、清張は**扱いにくい**[8]作家として有名だった。梓林太郎[1]は『回想・松本清張』の中で、ある新聞社の人の話を紹介している。ある時、新聞社の人が、清張の家で連載小説について話し合う約束をした。新聞社の人は、礼儀正しく何度も清張に電話をかけて、再三**日時**[9]を確認した。ところが——

当日、その担当編集者は上司を伴って松本家へ出かけた。清張さんは玄関に出てこられたが、新聞社の二人に対して、「きょうはなんの用かね」ときいたという。

清張の両親は社会の最下層に属し、清張は子供の頃、極貧生活を送った。このため、清張の学歴は小学校卒業だけである。一般的に、出版社の編集者は皆大学卒で、一流大学で学んだ者も少なくない。清張が編集者に厳しい態度をとったのは、学歴**コンプレックス**[10]が原因だったという人もいる。

實際上，對出版社及報紙社的人而言，清張是位很有名的難搞作家。梓林太郎在《回想 · 松本清張》中介紹某家報紙社的人所說的話。有一次，報紙社的人跟清張約在清張的家討論連載小說的事。報紙社的人很禮貌地打了好幾通電話，並再三確認了日期及時間。但——

當天，那個負責編輯跟上司一起去清張的家。清張出來站在玄關，對報紙社的兩個人說：「今天你們找我有什麼事？」

清張的父母屬於社會的最下層，小時候的清張經歷了極爲貧窮的生活。因爲這個原因，清張的學歷只有小學畢業而已。一般而言，出版社的編輯都是大學畢業，在一流大學唸書的人也不少。也有人說，清張之所以對編輯的態度很嚴格，是因爲他有學歷上的自卑感。

【生詞】

8. **扱いにくい**（あつか）　難搞、難纏。　9. **日時**（にちじ）　日期及時間。

10. **コンプレックス**　英文的「complex」。情結、自卑感。

1 梓林太郎：（1933 年至今）小說家。當作家以前，堤供給松本清張一些小說材料。代表作有《回想 · 松本清張》。

育った環境の問題か、清張はあまり高級な食べ物を好まなかった。櫻井秀勲[2]は『誰も見ていない書斎の松本清張』の中で、こう書いている。

> 作家への**手土産**[11]といえば、高級菓子やフルーツを想像するかもしれないが、清張さんは、あまり、そうしたものを好まなかった。メロンなどを食べても、あまりうれしそうな顔はしなかった。

清張が喜んだ手土産は、かえって**どらやき**[12]とか**焼き芋**[13]とか、庶民的味の物だったらしい。

また、梓林太郎に拠れば、「清張さんは、ケーキでもイチゴでも、音をさせて**召し上がっ**[14]た」。食べる物や、食べ方によってどういう環境で育ったかわかると言う。だが、こういう清張だからこそ、「社会派」と呼ばれる新しい**ミステリ**[15]——下層階級に生まれた人が、生きるために、あるいは上の階層を目指すために、罪を犯す物語が書けたのかもしれない。

可能是成長環境的問題，清張不是很喜歡高級食物。櫻井秀勳在《沒有人看過的在書房的松本清張》寫如下。

說到送給作家的伴手禮，可能大家會想到高級點心或水果。但清張先生不是很喜歡這樣的東西。吃到像哈密瓜那樣的高級品，他看起來也沒有那麼高興的樣子。

清張比較喜歡的伴手禮卻是像銅鑼燒或烤番薯那樣庶民口味的東西。

另外，根據梓林太郎，「清張先生，吃蛋糕的時候也是，吃草莓的時候也是，吃東西都會發出聲音」。據說，看一個人吃什麼、吃相如何，便可得知他是在什麼樣的環境長大。但也許因爲清張是這樣的人，才能寫作被稱爲「社會派」的新式推理小說——生在下層階級的人，爲了活下去，也爲了往上爬，會犯下罪行的故事。

【生詞】

11. **手土産**（てみやげ）　伴手禮。　12. **どらやき**　銅鑼燒。　13. **焼き芋**（やきいも）　烤番薯。

14. **召し上がる**（めしあがる）　「食べる」的尊敬語。

15. **ミステリ**　英文的「mystery」。推理小說。

2 櫻井秀勳：（1931 年至今）出版社光文社的編輯。是松本清張剛出道時且是他最熟悉的編輯之一。代表作有《沒有人看過的在書房的松本清張》。

清張は人間の暗黒面を暴く作家というイメージだったが、例外に属する作品もある。『波の塔』は清張作品中、唯一と言っていい恋愛小説だ。

この作品の主人公結城頼子は、最後に**富士山の樹海**[16]で自殺する。富士山の樹海は正式には青木ヶ原と言う。一旦森の中に入ってしまうと、周囲360度の景色が全く同じため方角がわからなくなり、出て来られなくなると言われていた。

清張は編集者の櫻井と一緒に、この樹海を取材に行った。

彼らは先ず、樹海の近くのホテルの主人に話を聞いた。主人は赤い縄を貸してくれ、「この縄を木の枝に結んでから、樹海の中に入りなさい。絶対に縄から手を放してはいけません」と言った。

清張と櫻井は主人の説明通りにして、樹海の中に入った。森が深すぎて空が全く見えず、昼間なのに夜のようだった。しかも、地面が柔らかく、一歩ごとに雨靴が沈み込む感じなのだ。二人は恐怖をがまんしながら、勇敢に進んだが——

清張的形象是揭開人性黑暗面的作家，但也有屬於例外的作品。《波之塔》可以說是清張作品中唯一的戀愛小說。

這篇作品的主角結城賴子，最後於富士山樹海自殺。富士山樹海的正式名稱是青木原。據說，一旦進入森林裡，因爲周圍 360 度的景色完全一樣，就會迷失方向，無法出來。

清張跟編輯櫻井，爲了取材一起去了這個樹海。

他們先詢問樹海附近的飯店老闆，老闆借給他們紅色的繩子，說：「首先把這條繩子系在樹枝上，然後進去裡面。你們的手絕對不能放開繩子」。

清張與櫻井按照老闆說明，進入了樹海。因爲森林太深，完全看不到天空，雖然是白天，但好像是已經到晚上的樣子。而且地面很軟，每一步都有著雨鞋沉下去的感覺。兩個人忍耐著恐懼，勇敢前進——

【生詞】

16. **富士山(ふじさん)の樹海(じゅかい)**　位於日本富士山西北山麓的原生林。正式名稱爲「青木原」。「樹海(じゅかい)」是指外觀很像大海的大森林。

とうとう清張さんは、「きみと心中[17]するのはイヤだ」といい出した。「私だってイヤですよ」と私も答えたのだが、これはあとで、「きみの声が震えていた」「先生のほうが震えていた」と、論争になったほどだった。

清張、本当に怖かったのだろう。

でも、「きみと心中するのはイヤだ」という言葉には、**ユーモア**[18]があって面白い。清張の意外とかわいい一面がわかるエピソードである。

この『波の塔』が大**ベストセラー**[19]になったために、なんと『波の塔』を持って樹海の中で本当に自殺する女性まで現れてしまった。新聞で報道され、警察から清張の家に電話がかかってくるほどの騒ぎになった。

四十歳を過ぎて作家になった清張は、八十二歳で亡くなるまで作家生活は約四十年で、それほど長くはない。しかし、出版した本は七百五十冊以上、『松本清張全集』は全六十六巻にもなる。本当に**仕事熱心**[20]な作家だったのだ。

清張が遺書の中に書いた次の言葉は、非常に有名だ。

清張先生終於開口說：「我不要跟你殉情！」。「我才不要！」我也回答。後來，「你的聲音在發抖」「老師才是」，就這樣變成爭論。

清張，眞的很害怕的吧！

但「我不要跟你殉情！」這句話很幽默，很有趣。從這個軼事可見令人意外的清張可愛的一面。

因爲這個《波之塔》成爲大暢銷書的關係，居然出現了拿著《波之塔》此書，眞的在樹海裡自殺的女生。事情大到被報紙報導，警察打電話給清張家的程度。

超過四十歲才當作家的清張，到八十二歲過世爲止，作家生活大約四十年，不算很長。但他出版過的書超過七百五十冊以上，《松本清張全集》全六十六卷之多！他眞是一位熱衷於工作的作家。

清張在遺書裡寫的這句話非常有名。

【生詞】

17. **心中**（しんじゅう）　殉情。

18. **ユーモア**　英文的「humor」。幽默。

19. **ベストセラー**　英文的「best seller」。暢銷書。

20. **仕事熱心**（しごとねっしん）　熱衷於工作。

自分は努力**だけは**してきた。それは努力が好きだったからだ。

編集者にとって、清張は扱いにくい作家だった。しかし、編集者がそれでも清張に奉仕したのは、人気作家という以外に、清張が非常な努力家で、そして本当に良い作品を書く作家だったからだろう。

我至少有很努力。因為我很喜歡努力。

對出版社及報紙社的人而言，清張是位很難搞的作家。雖然如此，編輯們還是這麼地服侍清張，這應該不是單純因爲他很紅，更是因爲他是個非常努力，也能寫出眞正好作品的作家吧！

【句型練習】

～だけは　至少～。

①自分はスタメンではないが、いつでも試合に出られるように、ウォーミングアップだけはしておこう。

（我不是先發，但爲了隨時都可以上場，至少先做熱身動作。）

②自分は地球を救うヒーローにはなれないが、自分が愛する人だけは守りたい。

（我無法當拯救地球的英雄，但至少要保護自己喜愛的人。）

【名言 · 佳句】

自分（じぶん）は努力（どりょく）だけはしてきた。それは努力（どりょく）が好（す）きだったからだ。（『松本清張遺書（まつもとせいちょういしょ）』）

我至少有很努力。因爲我很喜歡努力。

（《松本清張遺書》）

戶田一康如是說

年輕人喜歡看的動漫及輕小說裡，有一種故事類型如下。一個平凡的少年，被「異世界」召喚後，突然覺醒「異能力」（一種超能力）。這樣的故事內容爲什麼吸引年輕人呢？我覺得這是因爲這種故事的主角不需要努力之故。

在現實生活裡，若要當一個職業運動員，你每天都要忍耐非常辛苦的練習。若要當成績第一名的學生，你每天都要忍耐很長的念書時間。而且這些努力只是前提而已。只靠努力，你不一定能成爲職業運動員或第一名的學生。

有一天，突然覺醒異能力多好，這樣就不需要努力，多麼帥，多麼瀟灑啊！但我卻喜歡松本清張寫的故事。他的推理作品裡並沒有出現天才型的名偵探，主角很努力地，一步一步地靠近眞相。就像松本清張的寫作風格一樣。

努力不一定有好結果，但我覺得，可以無條件肯定努力的態度，這才是眞正的帥。……當然，突然覺醒馬上能完成一本新書的異能力，我也不一定排斥，哈哈！

自分は努力だけはしてきた。それは努力が好きだったからだ。

『松本清張遺書』

純文学作品とエッセイのギャップがすごい、昭和のホラ吹き大王!!

遠藤周作

純文學作品與散文的落差很大，昭和的吹牛大王？！
——遠藤周作

怪人類型：【吹牛大王】★★★★★　【愛惡作劇】★★★★

遠藤周作：（1923 年～ 1996 年）日本第一位以基督教爲主題而創作的作家。認眞的純文學作品與幽默風格的散文之間的落差很大。他的散文作品風格是就像吹牛般的誇張式幽默。代表作有《沉默（沈黙）》、《海與毒藥（海と毒薬）》等。

18

遠藤周作は二つの顔を持っていた。

一つは、純文学作家としての顔。『沈黙』や『深い河』といった作品は、日本文学の中で非常に珍しい、**キリスト教**[1]を主題にした真面目な文学作品だ。

もう一つは、ユーモア**エッセイ**[2]の作家としての顔。これらのエッセイは「狐狸庵[1]先生もの」と呼ばれ、1960年代から70年代の日本で、北杜夫[2]の「どくとるマンボウもの」と共に、二大人気エッセイシリーズだった。

遠藤周作と北杜夫は親友だったのだが、エッセイの中でわざとお互いの悪口を書き、それが話題を呼んだ。中でも有名なのが、「**キュウリ**[3]三本事件」である。

当時の作家は、夏の間、軽井沢[3]の別荘で避暑するのが流行だった。周作や杜夫も例外ではなかった。

遠藤周作有兩種樣貌。

一是身爲純文學作家的樣貌。像《沉默》、《深河》那樣的作品，是在日本文學中非常罕見的以基督教爲主題、很認眞的文學作品。

另一種是身爲幽默散文作家的容貌。這些散文作品被稱爲「狐狸庵老師物」，在 1960 年代至 70 年代的日本，是與北杜夫的「曼波魚博士物」齊名的兩大人氣散文系列。

雖然遠藤周作與北杜夫是好朋友，但在散文中故意互相寫對方的壞話，引起了話題。其中最有名的是「三根小黃瓜事件」。

當時的作家之間有一種流行，夏天期間在輕井澤的別墅避暑。周作及杜夫也不例外。

【生詞】

1. **キリスト教**（きょう） 基督教。　2. **エッセイ** 英文的「essay」。散文。

3. **キュウリ** 小黃瓜。

1 遠藤周作的雅號。他的第一本幽默散文的書名爲《狐狸庵閑話（こりあんかんわ）》，這是跟關西腔「こりゃ、あかんわ（這個不行了！）」的發音很像。是一種利用諧音的語言遊戲。

2 請參考第 281 頁。

3 位於長野縣東部的北佐久郡，曾經是以高級別墅勝地爲名。起源是 1886 年（明治 19 年），一位加拿大傳教士爲了避暑來到輕井澤。因此早期的輕井澤是外國人的別墅居多。但到昭和時期初期，中產階級以上的日本人之間也流行在輕井澤蓋別墅。

周作は『ケチ合戦　狐狸庵対どくとる・マンボウ』の中で、ある日、杜夫が自分の別荘に遊びに来たが、手土産が「**しなびた**[4]キュウリ三本」だけだったと書いた。しかも、その日から杜夫は、毎日晩飯の**時間ぴったり**[5]に現れ、ただで晩御飯を食べる、更に周作の大事にしている特級の酒まで飲んでしまう。手土産は最初の時だけで、後はいつも**手ぶら**[6]で来る……。

杜夫の『狐狸庵先生には**かなわぬ**[7]こと』に拠ると、周作のエッセイの内容を**眞に受け**[8]た読者から杜夫に手紙が来て、「北さんてそんなにケチなのですか」と言われた。そこで杜夫は『金貨**ジャラジャラ**[9]』の中で、周作は「もとから大**ボラを吹く**[10]習性を有する」として、次のように書いた。

> 二年まえの夏、私は軽井沢に小さな家を借りた。近くに**大げさ**[11]大明神の遠藤氏が、その五倍ほどの家を借りて住んでおり、ちょっと**寄っ**[12]てみると酒を**御馳走さ**[13]れた。

周作在《小氣之戰 狐狸庵 VS. 曼波魚博士》寫如下。有一天，杜夫來他的別墅玩，那時他的伴手禮只有「枯萎的三根小黃瓜」。而且從那天以後，他每天晚餐的時間都準時出現，除了免費吃晚餐以外，還喝掉周作珍藏的特級酒。有伴手禮的不過是第一次的時候而已，後來他每次都兩手空空地來訪……。

根據杜夫的《我怎樣也贏不了狐狸庵老師》，把周作的散文內容當眞的讀者寫信給杜夫，說：「北先生，您是那麼小氣的人嗎？」。於是杜夫在《金幣嘩啷嘩啷》裡指出周作這個人「本來擁有大吹牛的習癖」，寫以下的內容。

兩年前的夏天，我在輕井澤租一棟小房子。附近有那位誇張大神遠藤先生租比我大五倍的家。我在他的家小坐一會兒，他請我喝酒。

【生詞】

4. **しなびた**　枯萎。　5. **時間ぴったり**　準時。　6. **手ぶら**　兩手空空。

7. **かなわぬ**　「かなわない」的較爲文言文說法。贏不了。

8. **眞に受ける**　當眞。　9. **ジャラジャラ**　嘩啷嘩啷。

10. **ホラを吹く**　「ホラを吹く」是吹牛之意。若前面加上強調意思的「大」，變成濁音的「大ボラ」。

11. **大げさ**　誇張。　12. **寄る**　（去別的地方的中途）順便去一下、小坐一下。

「君はどこにいるのだ。ああ、あそこの家？　あんな小っちゃなマッチ箱[14]のような家にいるのか。ああ情けない、なんというみじめ[15]な話だ！」と、彼は叫んだ。

周作は「自分の家は六千坪ある」と言ったが、実際にはせいぜい六百坪の土地だった。もちろん、六百坪でも十分大きいのだが、実はそれは周作の友人の病院で、夏の間は開業しないことになったため、周作が借りているだけだったのだ。

病院であるから、トイレとか風呂とかも、使えるのが二つずつある。

遠藤氏はそれが大得意らしく、「君、トイレもバス[16]も二つあるぞ。君は下層階級の住む辺りにいるらしいから、よく見ておきたまえ[17]」

「你住哪裡？ 喔喔，是那棟房子。你居然住那個就像火柴盒般的小屋。唉，你真沒出息！多麼悲慘的事啊！」他大喊著。

周作說：「我的家有六千坪」，但實際上最多也六百坪左右。當然，六百坪也是已經相當大的了。但事實上，這是周作的朋友擁有的醫院，因爲那個朋友決定夏天不營業，所以這段時間租給周作而已。

因為是醫院，廁所及浴室，可以使用的各有兩個。

遠藤先生好像對此感到非常得意，說：「你看，廁所及浴室，各有兩個喔！聽說你的家在下層階級住的地區，那就好好看我的家吧！」

【生詞】

13. **御馳走する**（ごちそう） 請客。 14. **マッチ箱**（ばこ） 火柴盒。 15. **みじめ** 悲慘、悽慘。

16. **バス** 英文的「bath」。浴室。

17. **〜たまえ** 較爲客氣的命令「〜なさい」的文言文用法。

遠藤氏はトイレが二つあることがもうたまらない[18]らしく、用をする[19]にしても、一つのトイレにはいって半分だけやり、あとの半分はもう一つのトイレにゆくもののようだ。

杜夫が「だいぶ景気がよいようですな」と言うと、周作は「うちの子は毎日、金貨をジャラジャラ言わせて遊んでいるぞ」と答えた。

杜夫がびっくりして、周作の息子の部屋に行くと、その子は確かに金貨で遊んでいた。だが、よく見ると、それは金貨の形をしたチョコレートにすぎないのだった。

このように、ホラを吹くような大げさなユーモアが、「狐狸庵先生もの」のスタイルだった。

杜夫の『遠藤周作さん』に拠ると、「キュウリ三本事件」の真相はこうである。杜夫が軽井沢を離れる時、キュウリが三本残っているのに気づいた。食べ物を無駄にするのはよくないと思った杜夫は、まだ軽井沢にいる周作にそのキュウリを残して行ったというだけだったのだ。その夏、遠藤の家で酒を御馳走になったのは事実だが、御飯を食べたことはないそうである。

また、『狐狸庵先生にはかなわぬこと』の中には、次のようなエピソードも紹介されている。

遠藤先生，因為有兩個廁所簡直是欣喜若狂，據說要小解時，先去第一個廁所尿一半，然後去第二個廁所再尿剩下的一半。

杜夫說：「您好像生意相當好」，周作回答：「我的兒子，每天把金幣弄得嘩啷嘩啷地玩喔！」。

杜夫聽了嚇一跳，去看周作兒子的房間，那個孩子的確在玩金幣。但仔細一看，那只是金幣形狀的巧克力。

就這樣，如吹牛般的誇張式幽默，算是「狐狸庵老師物」的風格。

根據杜夫的《遠藤周作先生》，「小黃瓜三根事件」的眞相，是杜夫離開輕井澤時，發現剩下三根小黃瓜，因爲杜夫覺得不要浪費食物比較好，所以留給還在輕井澤的周作而已。據說那年夏天，遠藤請他喝酒是事實，但並沒有在他家吃過飯。

另外，《我怎樣也贏不了狐狸庵老師》裡也介紹以下軼聞趣事。

【生詞】

18. **たまらない**　欣喜若狂、喜歡得不得了。

19. **用（よう）をする**　大小便。

ある日、外国人から杜夫の家に電話がかかってきて、「あなたと以前ニューヨークでお会いしたものです」と言う。いかにも外国人らしい日本語の発音である。

しかし、杜夫はその人の名前を聞いた覚えがなかった。自分がうっかり忘れたのかと思って、杜夫は罪悪感を感じ、**おろおろ**[20]しながら彼と話していた。その時——

「ワハハハハア、おれだよ」

と、悪魔のごとき遠藤氏の声がひびきわたったのである。そのあとは**口惜しく**[21]て、一晩眠れなかった。

周作の悪戯好きは有名で、さくらももこ[4]も、『さるのこしかけ』の中で、周作に騙されたエピソードを書いている。

ももこが周作と対談した時、周作から「これがうちの電話番号だ」と、ある番号を渡された。後日、ももこがその番号にかけてみると、なんと**東京ガス**[22]の営業所だった……。

有一天，有一個外國人打電話給杜夫家裡說：「我以前在紐約跟您見過面」。是聽起來眞的很像外國人的日語發音。

但杜夫從來沒聽過那個人的名字，杜夫以爲自己不小心忘記他了，感到罪惡感，也嚇得結結巴巴地跟他對話。那時——

「哇哈哈哈哈哈！是我啊！」

響起就像惡魔般的遠藤先生的聲音。因為太不甘心，我整個晚上都睡不著。

周作的愛惡作劇的個性很有名，櫻桃子也在《猴子馬戲團》裡寫被周作騙的軼聞趣事。

桃子跟周作對談時，周作說：「這是我家的電話號碼」，給桃子一個號碼。日後，桃子打那個號碼看看，結果才知道這居然是東京瓦斯公司營業所的號碼⋯⋯。

【生詞】

20. **おろおろ**　嚇得結結巴巴的樣子。

21. **口惜しい**（くや）　不甘心。　22. **東京ガス**（とうきょう）　東京瓦斯公司。

4 さくらももこ（櫻桃子）：（1965 年～ 2018 年）衆所周知，膾炙人口的動畫《櫻桃小丸子》的原作漫畫家。

今の日本作家の中に、こんな悪戯をする人はいないだろう。もしいたとしても、「不真面目だ！」、「幼稚過ぎる！」などと怒られるのが**落ち**[23]だろう。でも、周作は『ぐうたら生活入門』の「あとがき」の中で、こんな名言を残している。

明日出来ることを、今日するな。

もし自分の生活の中に**余裕**[24]がなければ、悪戯もできない。なぜなら、効率という角度から見れば、こうした行為はただの時間の無駄にすぎないからだ。周作のユーモアエッセイは、あまりに忙しすぎて余裕を見落としている現代人に対する、一種の批判だったのかもしれない。

【生詞】

23. **落ち**　可以預想的壞結果。
24. **余裕**　餘裕時間。

現在的日本作家中，沒有一個作家做這種惡作劇吧！就算有這樣的人，結果頂多是被罵成「不認眞！」、「太幼稚！」等等而已吧！但周作卻在《懶惰生活入門》中留下這樣的名言。

明天可以做的事，今天不要做。

如果自己的生活裡沒有餘裕時間，連惡作劇都不能做。因爲從效率的角度來看，這些行爲只是浪費時間罷了！周作的幽默散文，對於因爲過度忙碌而忽略餘裕時間的現代人，或許是一種批評也說不定。

【句型練習】

せいぜい～　最多～。

①このアイドルは人気がないので、握手会をしても集まるファンはせいぜい三十人くらいだろう。

（因爲這個偶像沒有人氣，就算舉辦握手會也會來的粉絲最多三十個人左右吧！）

②この本は難しすぎて一日せいぜい５頁しか読めない。６頁を超すと、必ず眠ってしまうからだ。

（這本書太難，一天最多也只能看５頁而已，因爲超過６頁，我一定會睡著。）

【名言 · 佳句】

明日出来ることを、今日するな。

（『ぐうたら生活入門』）

明天可以做的事，今天不要做。

（《懶惰生活入門》）

一般而言，我們亞洲人的想法是「明天要做的事，最好今天做完」。

如果你是個上班族，你的工作速度越快，可能越會得到上司的青睞。但結果呢？你的工作很快就結束，接下來你會沒事嗎？你的上司莞爾一笑，丟給你新的工作，不過就是如此。所以你不想累死的話，明天可以做的事，最好今天不要做。

但這是說得很容易，做起來卻很難的事。我也是從小便接受亞洲式教育，再加上自己個性的問題。若有截止日期的工作，我一定會提早完成。不然心裡會很不安。那麼，遠藤周作本人又是如何呢？雖然他寫《懶惰生活入門》這本書，但身為流行作家，他寫了很多書。他的作品除了純文學、幽默散文之外，還有歷史小說、推理小說等等。事實上，他是個非常勤勞的人。因為大部分的人在生活中，很難懶惰。所以我們有的時候，需要「故意」放慢腳步。我們一起「努力」懶惰吧！

明日出来ることを、今日するな。

『ぐうたら生活入門』

ヌード撮影を見られて赤面した、
意外に気弱な時代の寵児!!

三島由紀夫

被看到裸體攝影而滿臉通紅、
令人意外滿脆弱的時代寵兒！！——三島由紀夫

怪人類型：【猥褻露體】★★★★　【角色扮演】★★★★

三島由紀夫：（1925年～1970年）身為作家成為諾貝爾文學獎候選人以外，將自己練得渾身都是肌肉，還主演過電影，甚至出版了全裸寫真集，眾人的眼裡他是位日本近代文學史中數一數二的現充文豪。但1970年，闖入市谷自衛隊總監部並切腹自殺，結束了45年的人生，震撼整個日本社會……。代表作有《潮騷》、《金閣寺》等。

19

三島由紀夫は、かつて時代の寵児だった。

『金閣寺』のような大傑作を書き、**ノーベル文学賞**[1]の候補にもなった文豪だが、それだけではない。作家活動以外でも、いろいろ**メディア**[2]に注目されることをやっているのだ。例えば、1960 年上映の映画『からっ風野郎』に主演し、自ら作詞した主題歌まで歌った。

こう書くと、**マルチ**[3]な才能の持ち主のようだが、実はその評価は少し保留する必要があるかもしれない。

映画の中で三島が演じたのは、やくざの二代目役だった。もしこれがコメディーだったら、文豪の**おふざけ**[4]ですんだかもしれないが、**シリアス**[5]なストーリーのため、三島の超**棒読み**[6]台詞とロボットのように**ぎこちない**[7]動きが非常に**際立っ**[8]てしまっている。

それと三島が歌った主題歌だが……。何と言えばいいかわからないが、強いて言えば、お経をよんでいるような歌声で、**お世辞にも**上手いとは**言えない**。いや、はっきり言って、ひどい。

三島、**イタ**[9]すぎる！

三島由紀夫曾經是時代的寵兒。

寫作像《金閣寺》那樣的大傑作、當過諾貝爾文學獎候選人的文豪，但還不僅如此，三島除了作家活動之外，還有做過很多被媒體注目的事。例如，主演 1960 年上映的電影《空風野郎》，連主題歌都自己作詞自己唱。

這樣寫，他好像擁有多種才能。事實上，這樣的評價可能需要有點保留。

三島在電影裡扮演的是黑道第二代的角色。如果這是喜劇，大家會認爲是文豪的玩笑罷了。但因爲這部作品故事情節很嚴肅，三島的超棒讀台詞、與簡直是機器人般的生硬動作，非常顯眼。

還有三島唱的主題歌……。不知道怎麼說，勉強形容的話，他的歌聲就像念經一般，想捧也說不出唱得好。不對，講坦白一點，是很糟糕。

三島，太丟臉了！

【生詞】

1. **ノーベル文学賞**（ぶんがくしょう）　諾貝爾文學獎。
2. **メディア**　英文的「mass media」。媒體。
3. **マルチ**　英文的「multi」。多種、多面。　　4.（お）ふざけ　開玩笑。
5. **シリアス**　英文的「serious」。認眞、嚴肅。
6. **棒読み**（ぼうよ）　缺乏感情的說法或唸法。棒讀。
7. **ぎこちない**　生硬、不靈活。　　8. **際立つ**（きわだ）　顯眼、突出。
9. **イタい**　現代年輕人用語。很丟臉。爲了跟「痛い（いた）（疼痛）」區分，常常用片假名來表示。

しかし、さすが時代の寵児、三島のメディアへの**露出**[10]は減らなかった。

1963年、三島は「私のなりたいもの」という雑誌の特集に二回登場している。これは現代の**コスプレ**[11]のようなもので、三島は一回目は**白バイ警官**[12]、二回目は**ボクサー**[13]に扮している。写真で見ると、白バイ警官も、ボクサーも、かなり**なりきっ**[14]た感じで写っている。

同じく1963年には、なんと**ヌード**[15]写真集を出版した。これは芸術写真家細江英公[1]の作品である。三島のエッセイ『「薔薇刑」体験記』によると、ある日、細江が三島の自宅に訪ねてきた。

但眞不愧爲時代的寵兒，三島的媒體曝光率並沒有減少。

1963 年，三島兩次登刊於雜誌的「我想當的人」特集，這如同現代的 cosplay。三島扮演的角色；第一次是白機車警官，第二次則是拳擊手。

看照片，不管白機車警官還是拳擊手，三島都被拍得相當投入的感覺。

同樣 1963 年，居然出版了全裸寫眞集！這是藝術攝影師細江英公的作品。根據三島的散文《「薔薇刑」體驗記》，有一天細江來訪三島公館。

【生詞】

10. **露出**（ろしゅつ） 曝光。

11. **コスプレ** cosplay。角色扮演。原來是「コスチューム・プレイ（costume play）」的略稱，但如今「コスプレ（cosplay）」已成爲國際上通用的詞。

12. **白バイ警官**（しろバイけいかん） 白機車警官。警察本部交通機動隊所屬的警官，騎白色的大型機車爲特色，主要工作爲取締超速等。

13. **ボクサー** 英文的「boxer」。拳擊手。

14. **なりきる** （對自己的角色）很投入。

15. **ヌード** 英文的「nude」。（畫像、照片的）裸體。

1 細江英公：（1933 年至今）藝術攝影師、東京公藝大學名譽教授。1963 年，製作將三島由紀夫當作模特兒的裸體寫眞集《薔薇刑》，並獲得日本寫眞批評家協會作家賞。

（細江）氏が来たとき、私は裸で日光浴していた。

え？全裸で日光浴？

幼少時代の三島は虚弱体質だったが、成人以降、**ボディビル**[16]で鍛え、**マッチョ**[17]な体になった。肉体改造に成功してからは、よくカメラの前で自らの筋肉を誇示していた（『からっ風野郎』の中でも服を脱ぐシーンがある）が、まさか家でも裸だったとは……？

そんな三島の姿を見た後の細江の行動もおかしい。

私が着るものを着ようとすると、（細江）氏は「そのままでいい」と言って、**しきりに**[18]何かを物色している。とうとう**ゴムホース**[19]を探し出して来て、それをいきなり体に巻きつけてきた。

（細江）先生來我家的時候，我正在一絲不掛地日光浴。

咦？全裸日光浴？

幼少時期的三島身體很虛弱，但成人以後將自己練得渾身都是肌肉。成功改造身體的他，常常在鏡頭前秀出自己的肌肉（《空風野郎》裡也有脫光衣服的場景），但真沒想到居然在家也一絲不掛……？

看到這樣的三島身姿，細江的行爲也很奇怪。

我正要穿衣服，（細江）先生卻阻止我，說：「這樣就好」，然後不停尋找什麼東西，終於找出一條橡膠水管，突然把我綁起來。

【生詞】

16. **ボディビル**　英文的「body building」。利用舉重或柔軟體操的健身法。

17. **マッチョ**　全身都是肌肉的樣子。

18. **しきりに**　不停。

19. **ゴムホース**　橡膠水管。

これ、もしかして何かの**プレイ**[20]？

ゴムホースで縛られた三島が、「一体これは何を意味しているんです」と聞くと、細江は「偶像破壊ですね」と答え、この後、二人はなぜか「**意気投合した**[21]」のだそうだ。芸術家というのは、まったく不思議な生き物である。

三島は細江作品のモデルになることを承知した。もちろん、三島の自宅でばかり撮るわけではない。廃工場の一角を借りて撮影したこともあり、その時三島は**褌**[22]だけを身に着けていた。

三島が細江の指示でいろいろなポーズを取っていると、いきなり、上から「いいぞ！いいぞ！」という喚声が聞こえてきた。

びっくりした三島が見上げると、彼らが撮影をしている廃工場の隣に別の工場があり、なんとそこの二階の窓に野次馬たちが**鈴なり**[23]になっていたのだ。

「…………!!」

難道這是什麼 play 嗎？

被用管子綁起來的三島問細江：「這到底意謂著什麼？」，細江回答說：「破壞偶像」。據說，然後兩個人不知爲何「意氣相投」了。藝術家眞是不可思議的生物呀！

三島答應當細江作品的模特兒。當然，拍攝場景不是只有三島公館。有一次，他們借了廢工廠的一角而拍攝。那個時候，三島只穿日式傳統內褲而已。

按照細江的指示，三島擺各式各樣 pose 的時候，忽然從上面響起「好耶！好耶！」的呼喚聲。

嚇到的三島抬頭一看，發現他們拍攝的廢工廠的隔壁也有另外一家工廠，其二樓的窗戶竟然擠滿了看熱鬧的人們！

「…………!!」

【生詞】

20. **プレイ**　英文的「play」。遊戲。有時也表示性愛遊戲之意。
21. **意気投合する**（いきとうごう）　意氣相投。
22. **褌**（ふんどし）　日式傳統男性內褲。
23. **鈴なり**（すず）　很多人擠在一起的樣子。

固まって、声も出ない三島。エッセイの中で、「恥ずかしくて**穴があったら入りたかっ**[24]た」と書いている。

マスコミに報道される時の三島は、いつも豪快な印象だったが、それは元々内気で病弱だった人が自分を変えようとした結果であり、演技の部分もあったと思われる。コスプレや映画主演も、かつて自分の体に対して感じた**劣等感**[25]と関係があったのかもしれない。

ヌード写真集と言うと、**キモい**[26]**ナルシスト**[27]みたいだが、これも細江に「商業的なものでない、本当の仕事」だと頼まれたからだ。撮影を人に見られて、「穴があったら入りたい」と思った気弱な一面が、むしろ三島の本質だったのではないだろうか。

三島は、自分が「細江氏の目」を信用するのは、撮影する時の細江の目が「ほとんど狂人の目の光りを帯びていた」からだとして、次のような名言を残している。

これは本当の仕事をしているときの人間の目であって、われわれも書斎で本当の仕事をしているときは、きっとこういう目をしているにちがいない。

僵住、連聲音都發不出的三島。他在散文裡寫著：「羞恥到恨不得將自己埋起來」。

雖然被媒體報導時的三島，總是給人豪邁的印象，但這是本來既內向又身體虛弱的人要改變自己的結果，應該也有演戲的成份。做cosplay、主演電影，這些事或許與他曾經對自己的身體感到自卑有關。

說到全裸寫眞集，感覺像是令人作嘔的自戀狂，但這也是因爲細江拜託三島，說「這並非商業性的作品而是眞正的工作」之故。被人看到攝影過程就覺得「羞恥到恨不得把自己埋起來」，如此脆弱的一面反而卻是三島的本質也說不定。

三島說，他之所以信任「細江的眼光」，是因爲攝影時細江的眼睛「簡直瘋狂的人般亮著」，並寫下名言如下。

這是真正工作的人才能擁有的眼睛，我們在書房真正工作時，其眼睛也絕對是如出一轍。

【生詞】

24. **穴**(あな)**があったら入**(はい)**りたい**　＊慣用句（羞恥到）恨不得將自己埋起來。
25. **劣等感**(れっとうかん)　自卑感。
26. **キモい**　現代年輕人用語。「気(き)持(も)ち悪(わる)い」的省略說法。令人作嘔。
27. **ナルシスト**　英文的「narcissist」。自戀狂、自我陶醉者。

細江作品のモデルになりながら、三島もまた鋭い目で細江を観察していたのだ。面白いのは、この写真集の仕事について、三島が「あの思い出す**だに**[28] **ゾッとする**[29] 映画俳優の経験に比べて、愉快な珍しい経験」と述べていることである。

やはりあの『からっ風野郎』は、「穴があったら入りたい」を超える**黒歴史**[30] だったようだ。

【生詞】

28. **だに**　助詞「さえ」的文言文說法。

29. **ゾッとする**　毛骨悚然。

30. **黒歴史**（くろれきし）　希望不存在的黑暗（丟臉）過去。

三島一邊當細江作品的模特兒，一邊用銳利的眼光觀察細江。有趣的是關於寫眞集的工作，三島寫著「比起那個一想起就毛骨悚然的電影演員經驗，是愉快又珍貴的經驗」。

果然那個《空風野郎》是超越「恨不得把自己埋起來」的黑歷史。

【句型練習】

お世辞にも～と言えない　想捧也說不出～。

①友達が彼氏の写眞を見せてくれたが、お世辞にもかっこいいとは言えなかったので、「いい人そうだね」と言うしかなかった。

（朋友給我看她男朋友的照片，但想捧也說不出他長得帥，所以只好說「他看起來人很好」。）

②あの喫茶店は雰囲気はいいが、コーヒーはお世辞にもおいしいとは言えない。

（那家咖啡廳氣氛很好，但他們的咖啡想捧也說不出好喝。）

【名言・佳句】

これは本当の仕事をしているときの人間の目であって、われわれも書斎で本当の仕事をしているときは、きっとこういう目をしているにちがいない。

（『「薔薇刑」体験記』）

這是眞正工作的人才能擁有的眼睛，我們在書房眞正工作時，其眼睛也絕對是如出一轍。

（《「薔薇刑」體驗記》）

戸田一康 如是說

據說，創作的過程很像潛水。創作者潛得越深，現實世界的聲音離他越遠。這個時候，他的眼睛可能帶有著近似瘋狂的顏色及亮度。

三島由紀夫，其人生最大的謎團是他結束生命的方法。三島帶領他建立的民兵組織「楯之會（楯の会）」的學生一起闖入市谷陸上自衛隊總監部，呼籲自衛隊崛起，然後切腹自殺，結束了四十五年的生涯。很多人要解開這個謎團，但尚未有定論。

像我這樣的凡人，當然無法理解天才三島的思想。我只猜測三島可能潛水潛到太深，深到無法自己浮上去的程度。換成我，卽便再怎麼投入寫作，但聽到一句「要來吃飯囉！」就立刻浮出水面。哈哈！

これは本当の仕事をしているときの人間の目であって、われわれも書斎で本当の仕事をしているときは、きっとこういう目をしているにちがいない。

『「薔薇刑」体験記』

精神科医なのに自分が患者になって、
最後は日本から独立!?

北杜夫

身爲精神科醫生，自己卻成爲患者，最後從日本獨立？！——北杜夫

怪人類型：【幽默主席】★★★★★　【昆蟲大師】★★★★★

北杜夫：（1927 年～ 2011 年）身爲精神科醫生，自己卻成爲躁鬱症患者。除了寫作留在日本文學史的純文學作品以外，把自己的躁鬱症客觀化的幽默散文曾經十分膾炙人口。亦以對於昆蟲的博學爲名。代表作有《楡氏一家（楡家の人びと）》、《曼波魚博士昆蟲記（どくとるマンボウ昆虫記）》等。

20

1981年（昭和56年）、北杜夫は日本からの独立を宣言した。国名は「マンボウ・**マブゼ**[1]共和国」。杜夫は『マブゼ共和国建国由来記』の中で以下のように書いている。

私は、主席のほか、外務大臣、**国連大使**[2]、おまけに労働大臣までをかねているから、たいへんに多忙である。**なかんずく**[3]、労働大臣としての職務はまことに忙しく、各種の原稿を書いて**わが**[4]国の経済をささえている。

なぜ国王ではないのだろうか。杜夫に拠れば、「わが国は**マルクス**[5]、**エンゲルス**[6]の思想を実現した理想的な共産国であるから、私は王様ではなく主席なのである」。

1981年（昭和56年），北杜夫宣布從日本獨立。國名爲「曼波魚・馬布塞共和國」。杜夫在《馬布塞共和國建國由來記》寫如下。

我除了主席以外，還兼任外務大臣、聯合國大使、再加上勞動大臣。因此非常忙碌。尤其身為勞動大臣忙到不行，寫作各種稿子維持我國的經濟。

爲什麼不是國王呢？根據杜夫說的話，「我國是體現馬克思及恩格斯的思想之理想共產國。因此我不是王而是主席」。

【生詞】

1. **マブゼ**　「マブゼ（馬布塞）」的由來是1933年上映的德國電影《怪人馬布塞博士（原標題：Das Testament des Dr. Mabuse）》。根據北杜夫說的話，此電影的日文版標題爲「恐(おそ)るべき狂人(きょうじん)、怪人(かいじん)マブゼ博士(はかせ)（可怕的狂人、怪人馬布塞博士）」，看過這部電影的他，很喜歡這個標題，所以採用爲自己國家的名稱。

2. **国連(こくれん)**　聯合國。　　3. **なかんずく**　尤其。

4. **わが**　「わたしの」的文言文說法。

5. **マルクス**　卡爾・馬克思（Karl Marx）。德國哲學家、經濟學家、革命理論家。所謂「馬克思主義」的核心創始人。代表著作有《資本論》。

6. **エンゲルス**　弗里德里希・恩格斯（Friedrich Engels）。德國哲學家。「馬克思主義」的創始人之一。

そして、家計を管理している妻が**大蔵大臣**[7]。バスケットボールとマッサージができる娘が**厚生大臣**[8]。この娘は主席と大蔵大臣が喧嘩した時**仲裁し**[9]てくれるので、平和大臣でもあるそうだ。

台所仕事を担当するお手伝いさんは農林大臣で、主席の秘書も兼任している。

たった四人の国家、しかも国土は東京都世田谷区にある自宅である。正に世界で最も小さい国家だった。

しかし、この世界最小国家は自国の国旗、紙幣、コインを持っている。紙幣とコインの製作は出版社に協力を求めたが、国旗は北夫人の手作りだった。こうして建国の準備を整えた後、他国に独立を承認させる計画を立てた。

「私は元日本国作家、北杜夫と申します。元日本人と書いたのは、私の小さな家と土地を、このたび日本国より独立させたからです」で始まる独立宣言を杜夫は書き、更に英語に訳すと、本当に各国元首に送ったのである。

另外，管理家計的妻子爲大藏大臣。會打籃球及按摩的女兒是厚生大臣。這位女兒也在主席跟大藏大臣吵架時可以勸架，因此兼任和平大臣。

負責廚房工作的女傭是農林大臣，也兼任主席秘書。

只有四個人的國家。而且國土位於東京都世田谷區的自家。這正是世界上最小的國家。

但這個世界最小的國家擁有國旗、紙幣及硬幣。紙幣及硬幣委託出版社來協助，國旗部分是北夫人親手製作。這樣已經準備好建國後，計畫讓別的國家承認獨立。

杜夫寫了「我是前日本國作家北杜夫。我之所以稱爲前日本人，是因爲我的小自宅及土地，此次從日本獨立之故」開頭的獨立宣言，再翻譯成英文，眞的寄給各國元首。

【生詞】

7. **大蔵大臣**（おおくらだいじん）　大藏省的長官。大藏省是掌管財務、金融等的行政機關。現在改稱爲「財務省」。

8. **厚生大臣**（こうせいだいじん）　厚生省的長官。厚生省是掌管社會福利、公衆衛生等的行政機關。現在改稱爲「厚勞省」。

9. **仲裁する**（ちゅうさい）　勸架。

アメリカ、イギリス、**西独**[10]、フランスの大統領ならびに首相にこの手紙を発送した。更に日本で発行されている英字新聞社にも発送した。

残念ながら大統領や首相からの返事はこなかったが、「**朝日イブニングニュース**[11]」のアメリカ人記者が本当に取材に来た。

続いて杜夫は日本のテレビ番組にも出て、独立を宣言した。しかも、主席自ら作詞作曲した国歌まで歌ったのだ！

この国歌の歌詞は杜夫が若い時に書いた詩が元になっており、詩自体は非常に美しいのだが——

私が音痴であることは**定評**[12]がある。これは父の遺伝らしく、父は『**君が代**[13]』もろくに歌えなかっ[14]た。

我將這封信寄給美國、英國、西德及法國總統或首相，還有寄給在日本的英文報紙社。

可惜沒有收到總統或首相的回信，但「Asahi Evening News」的美國記者眞的來採訪。

接著，杜夫上日本的電視節目，宣告獨立。而且連主席親自作詞作曲的國歌都唱了。

這首國歌的歌詞是杜夫年輕時寫的詩改編的。詩本身很美，但——

我是大家公認的音痴。這應該是遺傳到我父親。家父連《君之代》都唱得不好。

【生詞】

10. **西独**（せいどく）　西德。德意志聯邦共和國（自 1949 年 5 月 23 日至 1990 年 10 月 3 日的兩德統一爲止）之略稱。

11. **朝日イブニングニュース**（あさひ）　正式名稱爲英文的「Asahi Evening News」。自 1954 年至 2001 年，「朝日新聞社」發行的英文報紙。

12. **定評**（ていひょう）　公認。

13. **君が代**（きみ　よ）　1893 年（明治 26 年）公布的日本國歌。歌詞來自於平安時期的日本古詩集《古今和歌集》及《和漢朗詠集》。

14. **ろくに～ない**　（用於否定句）～得不好。

これは謙遜ではない。杜夫の歌はテレビを見ていた人に、かなり強烈な印象を残したのである。しかも、この国歌はかなり長かった。歌詞の中に「**涯しない**[15]」という言葉があったため、番組の司会者が「まったく涯しないですねえ」と**ツッコミを入れる**[16]ほどだった……。

ここまで読んだ人は、ただの変な人だと思うかもしれないが、実は杜夫は戦後の日本文学を代表する作家の一人である。

杜夫は、東北大学医学部を卒業した医学博士であり、作家になる前は精神科医だった。純文学作家として芥川賞など数多くの文学賞を受賞すると同時に、「**どくとるマンボウ**[17]」シリーズと呼ばれるユーモアエッセイで広範な読者を獲得した人気作家だった。

杜夫に**躁鬱病**[18]の症状が出始めたのは四十歳ぐらいの時からだと言われている。ただ、本人が元精神科医なので、自分の症状を客観視し、病気と共存することができた。躁鬱病が引き起こす事件もユーモアエッセイの材料にして、更に人気作家となった。

這並非謙遜。杜夫的歌聲給看電視的人留下一種強烈的印象。而且這個國歌相當長，長到因爲歌詞裡有「無邊無際」一詞，節目主持人吐槽說：「眞的無邊無際耶！」的程度……。

看到這裡的人，可能會以爲他只是個怪人罷了。但事實上杜夫是戰後日本文學的代表性作家之一。

杜夫畢業於東北大學醫學系，是位醫學博士。成爲作家以前，當過精神科醫生。身爲純文學作家，他得過像芥川獎等很多文學獎，同時也是以叫「曼波魚博士」系列的幽默散文獲得廣泛讀者的人氣作家。

據說，杜夫開始呈現躁鬱症症狀的是大約四十歲左右的時候。但因爲他本人曾經是精神科醫生，能夠從客觀的角度看自己的症狀，與病共存。他將躁鬱症引起的事件當作幽默散文的材料，也使人氣更增。

【生詞】

15. **涯しない**（はて） 無邊無際、沒有盡頭。一般寫法爲「果（は）てしない」。

16. **ツッコミを入れる** 吐槽。

17. **どくとるマンボウ** 「どくとる」是德文的「Doktor」，是指「博士、醫生」。因爲北杜夫是醫學博士之故。「マンボウ」是指「曼波魚」。根據北杜夫說的話，他覺得這個詞的發音很有趣，將它當作自己的綽號。

18. **躁鬱病**（そううつびょう） 躁鬱症。

杜夫は躁病の時は非常に元気で、執筆量も増えた。杜夫が日本からの独立を宣言したのは、「私の例としては史上最大の大躁病」の時だったのである。

アメリカ人記者の取材を受けた時、杜夫が強調したのは、「江戸時代の日本人は豊かなユーモア精神を持っていたのに、明治時代以降、ユーモアは価値のないものとみなされ、その結果、日本は真面目過ぎる国になってしまった」ということだった。

この独立宣言事件は、杜夫一流のユーモアであった。それは決して浅薄な冗談ではなく、明治時代以来の近代国家日本に対する辛辣な批判と、共産主義の理想とは**程遠い**[19] **ソビエト**[20] 等の共産国に対する皮肉も含まれていたのだ。

どくとる杜夫、すごい！かっこいい！

最後に、少し私の個人的な思い出を書きたい。

中学生の時からずっと、私は杜夫作品の大**ファン**[21] である。最初は「どくとるマンボウ」シリーズを読み、その後、『幽霊』のような純文学作品も読んだ。読了後、私は感動のあまり杜夫に手紙を書いたのだ。すると、なんと杜夫本人から自筆の返信が来てびっくりした。

杜夫在躁症的時候，很有精神，工作量也增加。杜夫宣布從日本獨立是「我的病歷史上最大的躁症」的時候。

接受美國記者的訪問時，杜夫強調的是「雖然江戶時代的日本人擁有很豐富的幽默精神，但明治時期以後，幽默被認爲是無價值的東西，結果日本成爲了太過認真的國家」。

這起獨立宣言事件就是杜夫一流的幽默。這絕對不是膚淺的玩笑而是對於明治時期以來的近代國家日本的辛辣批評，還諷刺著跟共產主義的理想相差甚遠，像蘇聯等的共產國家。

杜夫博士厲害！很帥！

最後，我想寫一點個人的回憶。

從國中時候開始，我一直都是杜夫作品的大粉絲。從「曼波魚博士」系列開始閱讀，後來也看了就像《幽靈》那樣的純文學作品。讀完後，我感動到還寫信給北杜夫。結果，我居然收到杜夫本人親筆寫的回信，嚇了一大跳。

【生詞】

19. **程遠い**（ほどとお）　相差甚遠。

20. **ソビエト**　蘇聯。自 1922 年至 1991 年存在的「蘇維埃社會主義共和國聯盟」的略稱。

21. **ファン**　英文的「fan」。粉絲。

『幽霊』は私の最初の長篇で、この齢になっても気に入っています。ありがとう。しかし、『楡家』が私のものの中ではやはり**残せるもの**[22]と思っていますので、もし勉強**の邪魔**にならなかったら、いつか読んでいただけると幸甚です。

お元気で。

今年は身体をこわして、マブゼ共和国も鎖国中です。

著名作家が中学生の読者のために、こんな丁寧な返事をくれたというのが、今でも信じられない。「もし勉強の邪魔にならなかったら」と書いてくれたやさしさと、「今年は身体をこわして、マブゼ共和国も鎖国中です」というユーモア。当時の私が感動の上にも感動し、すぐに『楡家の人びと』を買って読んだのは言うまでもない。

杜夫からもらった返信はもう一つある。それは、『どくとるマンボウ昆虫記』の中の名言を書いてもらったものだ。この本は、元々医者ではなく、昆虫学者になりたかった杜夫が、昆虫に対する博識と、幼少期の美しく愉快な思い出を融合させた傑作である。その名言とは——

《幽靈》是我的第一篇長篇小說，到了我現在這個年齡，它還是很中意的作品。謝謝你。但我的作品中，我還是認為《榆家》應該算是最能夠留存後世的作品。所以如果不妨礙學習的話，希望有一天你也可以閱讀此作品。

祝你健康。

今年，因為我身體不適，馬布塞共和國也鎖國中。

著名作家爲了一個國中生讀者，寫了如此細心的信。到現在，我還是有著一種不可置信的感覺。「如果不妨礙學習的話」的溫柔及「今年因爲我身體不適，馬布塞共和國也鎖國中」的幽默。當時的我，感動加感動，立刻將《楡氏一家》買來看是理所當然的。

杜夫寄給我的回信還有一封。這是拜託他幫我寫《曼波魚博士昆蟲記》中的名言。這本書是本來比醫生更想當昆蟲學者的杜夫，對於昆蟲的博學跟幼少時既美麗又愉快的回憶融合在一起的傑作。其名言是——

【生詞】

22. 残(のこ)せる　能夠留存於後世。

われわれは地球という遊星[23]の上に生じた生物の一つである以上、人間のみにかかずらった思想を私は偏ったものと考える。

『どくとるマンボウ昆虫記』の単行本が出版されたのは1961年のことだ。杜夫は、まるで環境問題が深刻化する現在を予見していたかのようである。

杜夫からもらった二通の手紙は、わが家の家宝である。

我認為，人類既然不過是名為地球的行星上誕生的生物之一，只牽連到人類的思想都是偏頗的。

《曼波魚博士昆蟲記》的單行本出版在 1961 年。杜夫簡直預見環保問題變得很嚴重的現代。

杜夫寄給我的兩封信是我家的家寶。

【生詞】

23. **遊星**（ゆうせい） 行星。

24. **かかずらう** 牽連到、跟～有關係。

【句型練習】

～の邪魔（じゃま） 妨礙～。

①台北（タイペイ）の街（まち）は違法駐車（いほうちゅうしゃ）が多（おお）くて、本当（ほんとう）に交通（こうつう）の邪魔（じゃま）だ。

（台北的街上違法停車很多，真的妨礙交通。）

②私（わたし）の家（いえ）の近（ちか）くにきれいな公園（こうえん）があるのだが、夕方以降（ゆうがたいこう）はいちゃいちゃしているカップルが多（おお）くて、散歩（さんぽ）の邪魔（じゃま）になる。

（我家附近有很漂亮的公園，但傍晚以後放閃的情侶很多，妨礙散步。）

【名言・佳句】

われわれは地球という遊星の上に生じた生物の一つである以上、人間のみにかかずらった思想を私は偏ったものと考える。（『どくとるマンボウ昆虫記』）

我認爲，人類既然不過是名爲地球的行星上誕生的生物之一，只牽連到人類的思想都是偏頗的。

（《曼波魚博士昆蟲記》）

北杜夫擁有「永遠的少年之心」，是他的魅力之一。除了《曼波魚博士昆蟲記》以外，像《幽靈》般的純文學作品裡，杜夫也用既幽默又有詩情的文筆寫作很多與昆蟲有關的故事。杜夫透過昆蟲這個極爲微小的東西，思考著巨大的存在——宇宙、地球及人類等。杜夫的作品告訴我們很重要的事，也就是說，我們不能認爲只有人類才是地球的主人，大自然絕對不是爲了人類無限提供資源的工廠。

另外，曾經是國中生的我，從北杜夫的身上學到，雖然文豪是超級怪人，但就算其私生活及言行再荒唐、離譜，他們卻擁有著一顆非常細膩的心，而且他們的本質是溫柔的。後來，我開始研究日本近代文學，當初我對於他們擁有的印象及形象，逐漸成爲了一種根深蒂固的概念。

這就是我寫作此書的出發點。

われわれは地球という遊星の上に生じた生物の一つである以上、人間のみにかかずらった思想を私は偏ったものと考える。

『どくとるマンボウ昆虫記』

名為「昭和」時代之~~怪人~~偉人們

昭和時代的特色是什麼？

若用一個詞來形容的話，就是「戰爭」。

自1931年（昭和6年）9月18日的所謂九一八事變（日方說法為「滿州事變」）至1945年（昭和20年）8月15日的日本無條件投降為止的14年，日本這個國家一直都是打仗狀態。

戰敗時，東京已經化為一片焦土。被破壞的不只是城市，還有舊思想、保守的道德觀念及一切奉獻給國家的價值觀。這個時期，人們——尤其是年輕人渴望著能夠給他們新的人生指標的新世代作家。其中最活躍的是像坂口安吾、太宰治等，在文學史上被歸類為「無賴派」的作家們。無賴派這個名稱是來自於太宰治在1946年發表的文章裡寫的一句話，也就是「我反抗束縛，我是無賴派」。這些作家在戰後的混亂時期，受到年輕人的熱烈歡迎，成為時代的寵兒。

太宰治與山崎富榮殉情是在1948年6月，隔年三島由紀夫以大膽描寫同性戀傾向的《假面的告白》轟動日本社會。三島由紀夫除了作家活動以外，還在電影、裸體寫眞集等多方面活躍。這樣的作家形象的確是前所未有的。三島由紀夫出現以後，作家與媒體的互動越來越頻繁，流行作家的言行常常成為媒體焦點。

與太宰治生年一樣的松本清張，是這個時代的代表性大衆小說家。昭和是可以靠寫作致富的時代。對東京銀座的高級酒吧而言，流行作家算是重要客群之

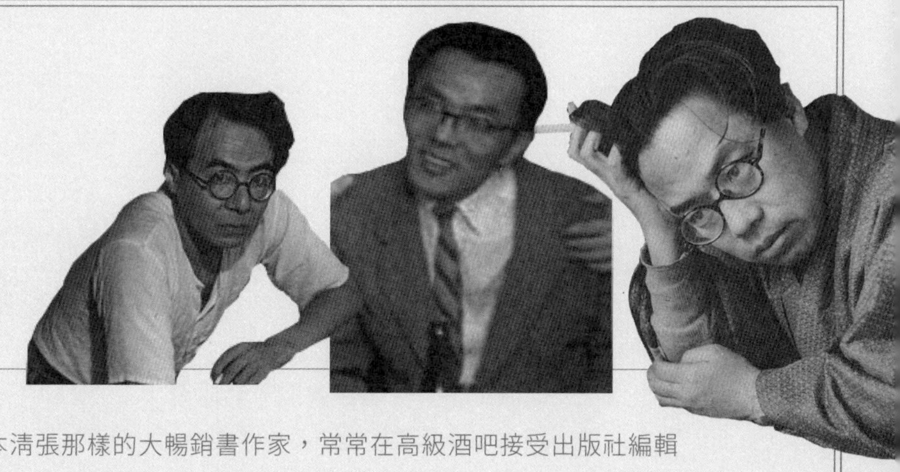

一。就像松本清張那樣的大暢銷書作家，常常在高級酒吧接受出版社編輯招待。主要顧客統統都是文壇相關人士的「文壇酒吧」出現的也是這個年代。

遠藤周作及北杜夫亦是昭和作家的代表性形象之一。明治時代以來，日本社會比較缺乏的是「幽默」因素。雖然三島由紀夫常常在媒體曝光。但他的形象基本上都是很認眞的。裸體寫眞也是種藝術表現。相對的遠藤周作及北杜夫，身爲純文學作家，另一方面寫作強調自己的失敗或不帥的一面，甚至有連自己的精神疾病都當作題材的幽默散文。遠藤周作的「狐狸庵」系列及北杜夫的「曼波魚博士」系列，都是在1960 年代至 1970 年代，風靡一時的兩大散文作品。

雖然遠藤周作跟北杜夫私底下是好朋友，但他們卻互相寫對方的壞話，媒體及出版社也就像「狐狸庵 VS. 曼波魚博士」那樣，煽動這個有趣的「作家之戰」，讀者自然也有「狐狸庵」派跟「曼波魚博士」派之分，而且各自主張、討論各個好看之處，非常熱鬧。

總之，昭和時代可以說是「作家的時代」。小說不僅是提供娛樂，還被認爲是培養素養的重要工具。因此，除了大衆小說、幽默散文以外，純文學作品也會常常成爲暢銷書。太宰治的《斜陽》、三島由紀夫的《金閣寺》、遠藤周作的《沉默》及北杜夫的《楡氏一家》等，這些純文學作品都是戰後日本文學的重要作品，同時也是十分膾炙人口的暢銷書。

參考文獻

明治篇

福沢諭吉：
小泉信三『福沢諭吉』、岩波書店、1966 年。
手塚治虫『陽だまりの樹』1~6、小學館、2008 年。
福沢諭吉『新訂 福翁自伝』、岩波書店、1978 年。

森鷗外：
荒井保男「森鷗外の脚気問題と遺書」『日本医史学雑誌』第 53 巻 4 号、2007 年。
荒木肇『脚気と軍隊—陸海軍医団の対立—』、並木書房、2017 年。
ちくま日本文学 17『森鷗外』、筑摩書房、2008 年。

夏目漱石：
夏目漱石『硝子戸の中』、新潮社、1952 年。
夏目漱石『文鳥・夢十夜』、新潮社、1976 年。

岩野泡鳴：
『日本文学全集 13 岩野泡鳴・近松秋江集』、新潮社、1964 年。
正宗白鳥『新編 作家論』、岩波書店、2002 年。

泉鏡花：
泉鏡花『おばけずき 鏡花怪異小品集』、平凡社、2012 年。
『水上瀧太郎全集 九巻』、岩波書店、1940 年。
『水上瀧太郎全集 十巻』、岩波書店、1940 年。

永井荷風：
秋庭太郎『考證 永井荷風』、岩波書店、1966 年。
臼井吉見「荷風の生活態度」『読売新聞』、1964 年 6 月 27 日。
小西茂也「同居人永井荷風」『新潮』12 月号、1952 年。
諏訪三郎「畸人永井荷風」『読書人』、1967 年 6 月 12 日。
永井荷風『濹東綺譚』、岩波書店、1947 年。

松下英麿「永井荷風」『去年の人—回想の作家たち』、中央公論社、1977 年。
「文豪・永井荷風も通い詰めた「浅草ロック座」の 70 年史」『週刊ポスト』、2017 年 7 月 27 日。

石川啄木：
三浦光子『悲しき兄啄木』、初音書房、1948 年。
『石川啄木全集 第六巻 日記（二）』、筑摩書房、1978 年。
『金田一京助全集 第十三巻 石川啄木』、三省堂、1993 年。

大正篇

谷崎潤一郎：
森敦「文体余話」『文体』第 1 号、1977 年 9 月。
谷崎松子『倚松庵の夢』、中央公論社、1979 年。
篠田一士編『谷崎潤一郎随筆集』、岩波書店、1985 年。
瀬戸内晴美「三つの場所」『新潮日本文学アルバム 17 谷崎潤一郎』、新潮社、1985 年。
谷崎潤一郎『潤一郎ラビリンスⅦ怪奇幻想倶楽部』、中央公論新社、1998 年。
松本清張『新装版 昭和史発掘 2』、文藝春秋、2005 年。
岩波明『文豪はみんな、うつ』、幻冬舎、2010 年。
谷崎潤一郎『谷崎潤一郎フェティシズム小説集』、集英社、2012 年。

葛西善蔵：
『日本文学全集 31　葛西善蔵・嘉村礒多集』、集英社、1969 年。
谷崎精二『葛西善蔵と広津和郎』、春秋社、1972 年。
鎌田慧『椎の若葉に光あれ 葛西善蔵の生涯』、岩波書店、2006 年。

菊池寛：
今日出海「人物菊池寛」『新潮』1 月号、1952 年。
成瀬岩雄「菊池さんの思い出」『文藝春秋』11 月号、1957 年。
河倉義安「若き日の菊池寛」『文藝春秋』10 月号、1968 年。

『広津和郎全集 第十二巻』、中央公論社、1974 年。
菊池寛「文芸作品の内容的価値」『日本近代文学評論選【明治・大正篇】』、岩波書店、2003 年。

広津和郎：
『広津和郎全集 第一巻』、中央公論社、1973 年。
『広津和郎全集 第四巻』、中央公論社、1973 年。
『広津和郎全集 第十二巻』、中央公論社、1974 年。
橋本迪夫『広津和郎 再考』、西田書店、1991 年。
松原新一『怠惰の逆説 広津和郎の人生と文学』、講談社、1998 年。

直木三十五：
『直木三十五全集 第十四巻』、改造社、1935 年。
『直木三十五全集 第二十一巻』、改造社、1935 年。
『広津和郎全集 第四巻』、中央公論社、1973 年。
『広津和郎全集 第十二巻』、中央公論社、1974 年。

芥川龍之介：
芥川龍之介『河童』、集英社、1992 年。
松本清張『昭和史発掘 1』、文藝春秋、2005 年。
石割透編『芥川追想』、岩波書店、2017 年。

梶井基次郎：
中谷孝雄『梶井基次郎』、筑摩書房、1969 年。
梶井基次郎『梶井基次郎』、筑摩書房、2008 年。

昭和篇

坂口安吾：
坂口三千代『クラクラ日記』、筑摩書房、1989 年。
坂口安吾『風と光と二十の私と・いずこへ』、岩波書店、2008 年。

太宰治：
『新潮日本文学アルバム 19 太宰治』、新潮社、1983 年。

森敦『わが青春　わが放浪』、福武書店、1986 年。
『太宰治全集 3』、筑摩書房、1998 年。
井伏鱒二『太宰治』、中央公論新社、2018 年。

松本清張：

松本清張『波の塔』上・下、文芸春秋、2009 年。
梓林太郎『回想・松本清張 私だけが知る巨人の素顔』、祥伝社、2009 年。
高橋敏夫『松本清張 「隠蔽と暴露」の作家』、集英社、2018 年。
櫻井秀勲『誰も見ていない書斎の松本清張』、きずな出版、2020 年。

遠藤周作：

遠藤周作『ぐうたら生活入門』、KADOKAWA、1971 年。
北杜夫『人間とマンボウ』、中央公論社、1972 年。
北杜夫『マンボウおもちゃ箱』、新潮社、1977 年。
北杜夫『どくとるマンボウ回想記』、日本経済新聞出版社、2007 年。
さくらももこ『さるのこしかけ』、集英社、2002 年。

三島由紀夫：

三島由紀夫『私の遍歴時代』、講談社、1964 年。
『新潮日本文学アルバム 20 三島由紀夫』、新潮社、1983 年。

北杜夫：

北杜夫『どくとるマンボウ昆虫記』、新潮社、1965 年。
北杜夫『マブゼ共和国建国由来記』、集英社、1985 年。
河出書房新社編集部『文藝別冊 追悼層特集 北杜夫 どくとるマンボウ文学館』、河出書房新社、2012 年。

EZ Japan樂學／24

日本偉大文豪的不偉大故事集

偉大なる日本文豪の残念なエピソード集

作　　者：戶田一康
主　　編：尹筱嵐
編　　輯：尹筱嵐
配　　音：戶田一康
校　　對：戶田一康、尹筱嵐
版型設計：謝捲子
封面設計：謝捲子
插　　畫：馮思芸
內頁排版：簡單瑛設
行銷企劃：陳品萱

發 行 人：洪祺祥
副總經理：洪偉傑
副總編輯：曹仲堯
法律顧問：建大法律事務所
財務顧問：高威會計師事務所

出　　版：日月文化出版股份有限公司
製　　作：EZ叢書館
地　　址：臺北市信義路三段151號8樓
電　　話：(02) 2708-5509
傳　　真：(02) 2708-6157
客服信箱：service@heliopolis.com.tw
網　　址：www.heliopolis.com.tw
郵撥帳號：19716071日月文化出版股份有限公司

總 經 銷：聯合發行股份有限公司
電　　話：(02) 2917-8022
傳　　真：(02) 2915-7212

印　　刷：中原造像股份有限公司
初　　版：2021年2月
定　　價：380元
I S B N：978-986-248-937-6

日本偉大文豪的不偉大故事集 / 戶田一康著 . -- 初版 --
臺北市 : 日月文化 , 2021.2
面； 公分 . -- (EZ Japan 樂學 ; 24)
譯自：偉大なる日本文豪の残念なエピソード集

ISBN 978-986-248-937-6(平裝)

1. 日語讀本 2. 故事集 3. 日本歷史

803.18　　109020880